青海省作家协会
青海民族文学翻译协会
出版项目

分册主编　斯琴夫

青海世居民族
经典记录丛书
蒙古族卷

写在温泉的抒情

青海人民出版社

图书在版编目（CIP）数据

写在温泉的抒情 / 斯琴夫主编. -- 西宁：青海人民出版社，2019.11

（青海世居民族经典记录丛书 / 梅卓，樊原成，马非主编）

ISBN 978-7-225-05898-6

Ⅰ. ①写… Ⅱ. ①斯… Ⅲ. ①散文集—中国—当代 Ⅳ. ① I267

中国版本图书馆 CIP 数据核字（2019）第 248990 号

青海世居民族经典记录丛书

梅卓　樊原成　马非　主编

写在温泉的抒情

斯琴夫　主编

出 版 人　樊原成

出版发行　青海人民出版社有限责任公司

西宁市五四西路 71 号　邮政编码：810023　电话：（0971）6143426（总编室）

发行热线　（0971）6143516 / 6137730

网　　址　http://www.qhrmcbs.com

印　　刷　陕西龙山海天艺术印务有限公司

经　　销　新华书店

开　　本　787 mm × 1092 mm 1/32

印　　张　7.25

字　　数　100 千

版　　次　2019 年 12 月第 1 版　2019 年 12 月第 1 次印刷

书　　号　ISBN 978-7-225-05898-6

定　　价　28.00 元

僧　格

我那遥远的哈吉尔草原在呼唤

草原情

游牧，一曲唱不完的牧歌

远方的破晓

僧格，男，蒙古族，青海格尔木人。文学博士，博士生导师。现为西北民族大学民族学与社会学学院教授，国家民委重点人文社科基地西北民族非物质文化遗产保护研究中心研究员，西北民族大学牧区社会研究所所长。曾在《散文》《飞天》《文艺》等国内外刊物上用蒙汉两种文字发表30多篇散文，多篇入选《马背上的柔情》《新时期中国少数民族文学作品选》等文集，并多次获省级创作奖。

> 3

我那遥远的哈吉尔草原在呼唤

夏日，陶醉在热烈的旋律中

台吉乃尔河，从重重叠叠的昆仑山脉开道而来，缓缓流过哈吉尔草原，尽情地弹拨着一片片芦苇轻微的呼声和一串串女人们荡漾无羁的笑声。

哦，炎热的夏日又来了。

然而，对于那些在清凉的河边，用太阳那满天闪耀的羽毛洗澡的女人们来说，这日渐强烈的火热中有一种绝妙的温情，并使她们在没有节奏的忙碌中享受着无法回避的欢乐。

多么恬静的草原，多么繁忙的季节。

西北高原的中午，感受那火辣辣的太阳在她们浅棕色的皮肤上的光和热，不会比那天鹅游戏的湖面上所感受到的要少。

瞧，滚起的牛奶。飘起的酥油。流动的羊群。重叠的家务。

当湖面上吹来的微风，抚摸她们从来不会涂脂抹粉的脸庞时，通红的微笑，犹如沼泽草原的这一端到那一端嫣然开放的野樱，横亘在热烈旋律中的男人的长空。

哈吉尔草原的女人，多么像这放肆而多情的夏日炎热。

当沼泽草原的波涛平息的时候，当奔腾的马蹄沉静的时候，她们穿着五彩的长袍，发疯似的跳起古老而笨拙的舞蹈。这欢乐和忧伤的旋律中，对共同命运的信念和美好未来的憧憬，使她们毫无怜惜地挥洒着旺盛的精力，像跳动的火焰一样翩翩起舞。

于是，她们如同悠悠流动的云彩，手挽着手，将把男人的渴望和追求团团围住，直使他们在阳光下，支起一座座蒙古包。

而今，炎热的夏日又来了。我在遥远的夜间仿佛听到她们跳动的心，犹如喝醉了的台吉乃尔河一样，远远地，远远地向她们伸手……

我的心哟，好似她们端来的新酿的马奶酒，又酸又苦。

> 5

夕阳，有几缕淡淡的愁云

夕阳，把最后一缕余晖，洒在茫茫的沼泽草原的上空。

那红绸般流动的几缕袅袅炊烟，犹如陶醉的马头琴歌，为这雄浑的原始景观，增添了几分忧愁。

波浪般翻滚的芦苇丛里大摇大摆走出来的牛群，还有那银光闪烁的台吉乃尔河边悠闲饮水的马群，在夕阳的余晖中显得那么安静，那么让人踏实。

女人背向男人，默默地收拾铝锅、面袋和冬天的服装。她一声轻叹。这一走，不是几道薄夜的幕布，而是隔着一个寒冷而漫长的冬天。没有男人的草原，没有男人的帐篷，是多么寒冷，多么荒凉啊！

女人终于转过来，看了看男人那坦荡的胸脯，莫名的忧愁渐渐淡薄了。是依恋呢，还是怨恨？她是爱他的。只恨鸿雁远飞的翅膀，恨那些弯弯曲曲、插入云山的祖先留下的黄路；恨一年四季赋予男人以高尚负担的马的四蹄。

于是，她端来一碗新酿的马奶酒。手没有颤抖，她也没有掉眼泪，只是用那乌黑的睫毛，轻轻地覆盖了难于吐露的爱的渴望……

枣红马的嘶鸣，剪破了草原黄昏离别的沉默。

男人要走了。同伴们也没有叹息。

裸露着赤褐色胸膛的男人，用火热的嘴唇吻了那吮吸手指的婴儿。

这一吻，在暮色中带走了女人的一切痛苦和渴望……

秋天，那些黄金色的女人们

很早以前……秋天……

在我的童年，在我陶醉于神话的岁月，马头琴那夜色般柔和的韵味，挽着我无边的渴望，来到了秋天的无限辽阔和周身金黄之中。

男人的妻子和姑娘们，温暖着散发野樱花、酥油花幽香的哈吉尔草原和那些终年在马背上挽弓射雕的那健厚的棕褐色肌体的男人。

她们都是一些姿态骄矜、风度翩翩的太阳的女儿们。

当她们劳动时，最优美的歌献给了秋天；

当她们清闲时，喋喋不休的赞美充盈着秋天。

于是，秋天丰腴而神秘了。

秋天，把一片片翻滚的芦苇、一泓泓激荡的湖水，以及女人们那炽热的渴望，交织成一首金黄的交响乐，在那情感流动的哈吉尔草原的广阔中激励每颗跳动的心，融化每一声热烈的呼唤，诱惑每一弯颤动的睫毛，好似一条奔腾的大江，以它的粗犷、健康、豪放、热情来孕育台吉乃尔河岸的女人们。

那时，女人们会说自己是太阳的女儿。是的，她们是太阳底下最勤劳、最幸福、最美丽的人们。

当初升的太阳，用五光十色的羽毛轻轻抚摸小草露珠时，她们在安详的牲畜中发出瀑布般白色的歌，一缕缕红霞般的炊烟，在帐篷与帐篷之间系上一根流动的飘带。

她们每天在忙碌中流汗，每天在笑声中忙碌。

说她们的孩子，是捡牛粪时拾到的。

说她们的男人，是拖缰绳的烈马。

当太阳盖着那深蓝色的被子入睡时，她们每一个人点燃一堆篝火，温暖着草原，温暖着轻声的摇篮曲。

然而，匆匆离去的秋雨，有时把她们携至朦胧的河边，使她们想起遥远的曾经：那道路的崎岖、泥泞以及风雪夜；那生活的苦涩、艰辛以及分娩的痛苦与苍白……

女人和她们的姑娘们，在黄金色的哈吉尔草原，用勤劳而丰满的双手擎起洁白的蒙古包，从一个秋天到另一个秋天之间，在悠悠流动的羊群和奔腾的棕黑色的马群间搭上了永不陷入遗忘的泥潭的虹桥。

耆耄之年，我骑着黑色的马，来到秋天的无限辽阔和周身金黄之中。

那时，我的皮肤富有赤金之光。

那个被女人们主宰的富饶的秋天，用清凉的台吉乃尔河的乳汁哺育了我抒情的胸怀，我和我的诗在没有皱纹的哈吉尔草原姑娘们的眼睛深处永生。

那充满幸福和欢乐的哈吉尔草原的秋天，为那些黄金色的女人而存在。

我将永远不会看到她们的衰老！

草原情

七月，我怀着悠悠思念之情，回到了故乡草原。

清晨的天空，澄澈而蔚蓝，雨后的水草，青翠而碧绿。

面对这海水般向我涌来的绿色草浪，一股饱含着苦涩青草味儿和酸奶味儿的空气扑鼻而来，我陶醉了。啊，这就是故乡的空气，是养育这青草的空气，是养育这草原的空气，也是养育我的空气。

这时，我的眼睛湿润了，一种混合着甘美与辛酸、快慰与痛苦的感觉顿时流贯了全身的血脉，好像曾经陶冶过我童年心灵并无数次拨动我年轻心弦的故乡，也和我一样久久地、激动地喘息着……于是我勒住马嚼，扑进如茵的绿草之中，就如扑进母亲的胸怀一样。

是的，故乡就是母亲。在我们游牧民族的母语里，故乡（额和·努图和）是与母亲连在一起的。虽然，我远离故乡，在一个色彩绚丽、节奏欢快、曲调浪漫的城市生活，但我的心无时无刻不在呼唤着故乡、思恋着故乡。有时，我的心如断了缰绳的野马，不管白昼黑夜、春夏秋冬，在这片草原上奔驰、游荡、嘶鸣……

我是在这片草原上长大的，按我们家乡人的古老传统，我更应该在这里度过一生。当我还是个少年时，慈祥而严厉的父亲给我讲述过草原英雄的无数传说，让我长大以后，与野马打交道，成为一个像鹰一样轻捷的骑手，与熊和野牛搏斗，做一名强悍的猎手。然而，十六岁那年我离开了故乡，望着亲人那沉默的面孔，望着由荒凉渐渐变绿的春天草原，无声地、带着眼泪离开了。

我怎能忘记这一片草原呢？纯洁的草地埋葬着我们的祖先。我记得，在漫长的冬夜围着牛粪炉，听“格斯尔琪”讲述远古史诗；我记得，我光着脚丫，在夏日绿色的芦苇里追逐幼兔、捕捉野鸭；我还记得，我第一匹驯服的骢花马，至今在我的梦中飘舞长鬃、腾起四蹄、回首长鸣；我怎能忘记母亲那温柔如阳光的眼神，每当我探亲回来时，她在帐篷缭绕的青烟里端详着我，好像渴望知道我所向往的神秘世界和连我都不敢想象的痛苦和快乐的未来。哦，母亲那眼神灼痛我的心许久许久，我永远不能忘怀。

当我静静地卧在青草起伏的草地，呼吸着沁人心脾的缕缕清香时，只有夏日的草原才有的清纯而细微的声息，使我进入了一种既模糊又神怡的遐想之中——我好像与这微风里郁郁葱葱的绿草，与这清醇沁凉的泉水，与这散发着馨香的黄樱花和野蘑菇，与这亘古长存的像大海般宁静的草原相互渗透、息息相通，并渐渐地融为一体。而且那样和谐，那样亲密。啊，我才明白，我的生命就是这草原的一部分！正因为这样，即便在遥远的异乡，当我痛苦时，她像一位慈祥的母亲用温暖的胸怀给予我爱抚；当我犹豫时，她用那宽阔的胸怀给予我寄托；当我欢乐时，她用那古朴的美姿和恬静让我抒发。正因为这样，她最寒冷的季节，最单调的色彩，在我的记忆里也是最优美、最明亮、最新鲜的，常常使我怀着感激之情如痴如醉地神游她那一年四季的景色……

乌图美仁草原的秋天景色尤为动人。台吉乃尔河荡起一层层涟漪，宛如一条白色的飘带，蜿蜒于一片片轻轻摇曳的芦苇林和波浪般起伏的金黄色的牧草之中。如果你踏上一条弯弯曲曲、蔓草丛生的小路，越往草原深处走，泉水越多，芦苇越高，芦草越密，你就进入了一个浩瀚无边、幽深而沉寂的沼泽草原。这时节，湖泊变凉，河水发白，你站在高地上极目远眺，就会看见这片草原向东延伸到遮住视线的淡淡青山。而眼前这一望无际流动着的草海已经到了黄金时期，清风吹过，闪闪烁烁，此起彼伏，翻成波浪。这气象万千、充满憧憬的草原景观，使你情思邈远，陶然欲醉。

可是你要知道，这里的冬天又是另一番景色：无边的原野白雪皑皑，温顺的草木在雪的装饰下显得更加幽静柔和。在浓密的芦苇里偶尔传来牧童如鸟叫似的口哨声和羔羊的咩咩声，偶尔飘来袅袅的炊烟，偶尔跑出精神抖擞的马群。你踏着这软绵绵的雪地，啜饮清新而潮湿的空气，面对这生命永远都不会磨灭的白茫茫的草原，你就会怀抱从来没有过的喜悦之情远去……

而迎接你的是，晶莹的晴空张开冰雪般洁白的翅膀，宛如一串串银白项链。从遥远的南方飞过来的天鹅那时断时续、时轻时重的鸣叫，还有那河流上浮冰移动发出的轰隆声。这时，你用你的感觉和嗅觉触碰着已经到来的散发着阵阵清香和温暖气息的春天，是何等的快慰和欣喜。

然而，现在在你面前的是夏天。这绿草如茵的乌图美仁草原，在远景明晰、气息清新的白天和空气潮湿、繁星闪烁的黑夜里，在鸟儿的啁啾声和溪水的汩汩声中，在清亮如镜的湖光和如丝的细雨里无声地奔跑、成熟。

这就是故乡草原的四季景色，是她的色彩，是她的气候，是她的生命力和千年不老的精神。然而，如果她只有周而复始的景象，却没有骁勇、剽悍的牧人，那将是多么荒凉，犹如牧民诞生之前的洪荒年代，没有生机、没有歌声……

我正在追忆这些时，从远方飘来隐约而清晰的琴声。啊，马头琴哟马头琴，我喜出望外，心潮滚滚。你的声音，犹如千条溪流汇集而成的台吉乃尔河，世世代代弹拨着牧人那长年累月、风餐露宿、追随牧场的游牧生活；叙说着悠远的传说和悠长而凄切的长调古歌；陶冶着牧人的古朴和对故乡的膜拜赞叹的礼俗；抒发着新一代牧人对幸福生活的歌颂和对富庶乐土的热爱，也牵动着我的灵魂向故乡的怀抱走去……

噢，故乡草原，我的情怀这样激烈而悠长，而我的语言太平淡苍白了……

游牧，一曲唱不完的牧歌

一群大雁带着沉甸甸的双翅，排成长短不齐的几行，闯过黄褐色的、蛮荒而寥廓的哈吉尔草原上空，向南慢慢飞去。

晚秋的天空显得平静、冷漠，而且十分高远。太阳像巨大的金轮一样滚动着。

雁影匆匆掠过牧人那高原烈日熬炼过的眼睛。于是，他们觉得大雁好像在高唱他们的祖先，在大海一般安谧的星空下有关浪迹草原的游牧歌。

宽阔而深邃的台吉乃尔河，虽然还没有完全摆脱红灰色的洪水，却流得十分缓慢。马群顺着河流一直跑到夏季草场，牧人只好从黎明到黄昏蜷缩在马背上。

那些半掩在芦苇丛林和红柳树下的拱形蒙古包，在清瘦的秋野里显得更加宁静、更加陌生，把牧人载入苍白而遥远的冷漠和寂寞之中。

然而，清凉的晚风却更加活跃，撩人心曲，轻柔地拂动着金黄色的芦苇，发出一阵阵的窸窣声。

年轻的传说，不再靠沉睡于马头琴弦上的奶子般甜蜜的史诗去创造。那炎热的夏日发酵了的激情和浓烈的马奶酒烧灼了的古代狩猎舞，终于唤起了驰骋马蹄的狂游之心。

于是，他们开始了一次长途迁徙。

草原上长大的每一个牧人都懂得，重复和无止境的延续所带来的如水般单调的富裕，不如凄苦的生活带来的短暂的乐趣。

不知疲倦的骆驼驮着蒙古包，驮着尚未在南方异闻的荒凉和远古传说般神奇的世界，颠簸于畜群扬起的黄尘之中。

健美的黄羊腾起白尘而跑，牧羊犬在老远的地方追逐。

在船一般摇晃的驼背上的婴儿，微微合起神秘的帘幕。

高原热烈的秋色，使遥远的青山失去了轮廓，好似林立在地平线上的座座高楼，忽而向他们伸出热情的手臂靠拢过来，忽而退至千里，只留下通向浅褐色天边的荒原。

一只老鹰在高空盘旋。好像述说他们祖先的历史。

两鬓如雪的老者，想起明明灭灭的，如同他们的祖先浪迹草原漫长而遥远的过去——黑夜的牧人诞生到寻找草原、争斗草原的悲伤的历史。然而，祖先已经成为冷峻的山峰和化石了。如今，牧人已经当家做主，虽然迁徙是一个艰难的历程，但是草原民族不能没有迁徙，因为迁徙就是牧人们的岁月。

夕阳，从镶着金边的云层里射出绛红色的光芒。

这时，被霞光染成五颜六色、变化多端的原野，好像为牧人的到来敞开丰满的胸脯，在旋转，在呼唤，并且在清凉的晚风里燃烧。

一群群牛羊伴随着悠扬的牧歌和牧笛般的口哨声，好似低驰的团团飘云，有秩序而欢快地向前缓缓滚动。

这就是牧歌。广阔的大草原，在春夏秋冬的转场中总是给他们带来新鲜的景色和喜悦，让他们尽情地享受自由奔放的生活，同时让他们受尽宁静和狂暴、富裕而凶猛无情的漫长岁月。

游牧，与太阳、暴风雪、彩虹以及海市蜃楼平分草原那袒露的虔诚。

游牧，与孤独、自然灾害、严寒以及野兽轮番周转。

然而，没有一个比浪迹草原的游牧更神奇、更古老而令人向往的神话。

草原的夜色总是过早地降临。但夜幕一定会盖住白昼的繁忙吗?

当微茫的星辰在海一般浓郁的夜空中闪烁的时候，一堆堆篝火燃起来了。

于是，凝重的历史复活了，神奇的故事喷如涌泉，甚至那强频率的电波，也是他们遨游太空的遐想……

在这静穆安详的原野，天穹的深邃之中传来悠扬的、古老的牧歌。

远方的破晓

东方徐徐发白了。

寥廓的草原，还没有完全摆脱浓重的夜色。只是一条蜿蜒曲折的河，倏隐倏现，慢慢流进一片沉寂幽深的芦苇丛林。在昏黑朦胧的河岸高地上，一只狼向着阴沉的西天嗥叫了几声。

郁郁葱葱、莽莽苍苍的沼泽草原格外地静，好像等待雷雨前的坦然和缄默。

蓦地，在朝霞喷薄欲出的地平线上，出现了几片黄澄澄的尘埃，犹如燃烧原野的烈火，越来越扩散，越来越近。

这时，棕黑色的马群引颈长鸣，纷纷涌进了这片草原丰满的胸怀。

一群年轻人，在马背上前屈，酷似巨弓的身子，默默地望着这广阔无垠的草原，他们那短促而尖锐的目光，如血般顿时凝固了。

这就是他们一连几个昼夜，冒着暴风骤雨，横渡势不可测的昆仑山洪水，穿过蜷缩龟裂的石灰质一样的土地的希望所在呀！

他们贪婪地吸着暖洋洋的、散发异样馥郁花香的空气，一种让人骄傲和兴奋的激情油然而生。

然而，古朴的激情，就像他们那紫外线晒黑的额头一样包含着冷峻。直到马群打着响鼻，渐渐扩散在此起彼伏的陌生草原的时候，他们那迟缓的、狂热的快乐之情活像一股热浪，在周身奔流。

于是，他们跳下马背，仰脖痛饮最后一瓶烈酒，拥挤在黎明时头狼嗥叫的高地上高呼着、发疯似的蹦跳着，举起了一轮火红的、热烈的太阳……

在这欢呼声中，太阳那第一道光芒，如潮涌般在沉睡千年的草原上倾满了五彩缤纷的霞霭。

这是牧人的渴望和力量的和声，是新牧场破晓的音响。

多智合

故乡的风土人情

多智合，男，蒙古族，青海河南县人，藏汉双语诗人、影视导演编剧，系青海省影视艺术家协会会员，现供职于青海广播电视台。20世纪90年代起开始文学创作，出版个人诗集《新感觉》，创作歌词《昨天的故事》《万里寻艺》《心想事成》等广为流传。2005年开始步入影视剧编剧导演行列，至今编剧、导演电影、电视连续剧、短片及纪录片100多部，获得了国内外各大奖项50多项。其中，电影《河曲马》于2013年8月在中央电视台电影频道首播，并译制30多部少数民族语言版本电影。

故乡的风土人情

序

小时候，故乡是个小小的蒙古包，有父亲、母亲、弟弟、妹妹，有岁月的颜色，有成长的足迹；长大了，故乡是一片草原，有骏马、牛羊，有丰收的喜悦，也有远行的脚印。此时此刻，故乡是一座山，永远在心的最深处矗立；故乡是条河，永远在血液的最深层荡漾。

故乡的模样，在记忆中不断变化，可故乡的山川，永远跟热爱故乡的人血脉相连；故乡的颜色，在岁月中不断变化，可故乡的风土人情，永远跟离开故乡的人血脉相连。

风

经过无数次的期盼与等待后，我终于看见了风的颜色，原来，故乡的风是五彩斑斓的，故乡的风，展开五彩斑斓的双翼，每天都在故乡的上空盘旋。于是我对风说，带我去吧，我想去远方。

风掂量掂量我便说，你胸中藏着万里江山，眼里刻了万里长路，所以你不必远行。我对风说，江山易改本性难移，此刻，我真想为自己插上一万个风的翅膀，去看看万里之外更远的远方。风说，远方很空旷，更远的远方更空旷，故乡的每一寸土地，才是你一辈子值得守住的地方。无奈，我又问风，那你为何每天都匆匆忙忙，去无影而来无踪？风对我说，其实，我去得有方向，来得有目的，我每天把远方的吉祥带到每一个最需要的地方，也把人间的丑恶驱逐到每一个可以净化的地方，所以，我并不是你们想象中飘忽不定的一股气流。

我终于懂得了风，原来，身边的每一股风，都在完成一个使命。夏天，暖暖的风，远远地吹来，在花的草原上，播撒花的种子；冬天，清冽的风，向空旷的戈壁吹来，从空中播撒朵朵雪花。从那天起，我每天清晨开启窗户等风进来，好让风在我床边歇下来窃窃私语，在这一阵风与下一阵风到来之际我要与风聊聊远方，聊聊眼前，聊聊故乡的山川……

现在，不管是暖风还是寒风，每一股吹到身上的风，我都当作是从故乡送来的吉祥。

土

人说种瓜得瓜，种豆得豆，下什么种子长什么果实，所以有人把南方的芒果种在世界屋脊，有人把吐鲁番的葡萄带到青藏高原，有人直接把金子埋到地下，有人还把牛奶洒到树上……

我是一个乐观主义者，但同时也是一个悲观主义者。对生活，我每天都保持乐观，可是对于一些不确定的因素，我始终保持一种悲观的态度。正因为乐观与悲观两个完全矛盾的意念一直左右我的心思，所以对每个事物的看法都非常矛盾又非常不矛盾。矛盾与不矛盾的想法之间，有时候我既相信种子又相信果实，有时候我既不相信种子又不相信果实，所以我相信了土壤，总觉得好的土壤才能养出好的果实。

比如说故乡的河曲草原，花草树木均属再生植物，不需播种，不用耕耘，夏天到来自然生长、自然开花。在这里与其说种子选择了土壤，不如说土壤培育了种子，是肥沃的土地养出了美丽的花草。那么对种瓜得瓜、种豆得豆的逻辑而言，我更相信了种瓜者选择了何方土地，而种豆者又选择了何种土壤。

每一次花开花谢之际，每一次得瓜得豆之后，人们只记下了美丽的花草和丰收的果实，而忘记了踩在自己脚下的土壤，所以与花花草草相比，我更喜欢故乡的每一寸土地。

人

2018 年，寒冷的冬日刚刚开始，中央文明办传来了一个非常暖心的故事：故乡草原上一个名为勤考的妇女，自 2012 年起，先后收养了 7 个孩子，当了 3 个孩子的保姆。她的家庭里，大到 12 岁小到 1 岁的孩子，她都照顾得无微不至，当她自己累得快撑不下去的时候，总是对别人说："没事的，看见娃娃们健康快乐地成长，我这心里比蜜都甜。"

这个故事又让我想起了前些年故乡蒙旗草原上一个 5 岁小女孩用身体救了落在大火中的两岁的小弟弟的故事。当时蒙古包内火情完全失去控制，而两岁的小弟弟无人照看，身边只有 5 岁的姐姐。当邻居家的人到达现场的时候，姐弟俩一起蜷缩在熊熊燃烧的火焰里，姐姐用自己的躯体完全覆盖了弟弟，在姐姐的身下，躺着安然无恙的弟弟，而姐姐却被烧得面目全非。

勤考的故事从草原传来，很快传到了县城，又从县城传到了省城，在省级媒体的报道和宣传下，很快传到了草原之外更远的地方。听到故事后，人们都为勤考的善良点赞，对勤考大姐说 :“大爱无疆，好人有好报。”

其实，有人的地方就会有故事，有故事就会有传播，就看故事能否打动人心。在家乡河曲草原，打动人心的故事真不止这些，还有一生如一日，一辈子为民办好事的尕布龙副省长，也是从这片草原走向全国的。尕布龙的故事，大江南北无人不知无人不晓，在全国范围内树立了高原人的形象，传播了草原人特有的真善美的故事。

一代故事，代代相传 ；一代文化，代代传承。说起故事，莫过于人，而人既简单又复杂，他是以个体的方式与群体交融的动物，所以每一个看似个体的故事，其实都离不开群体、离不开环境与土壤，更离不开源远流长的文化习俗及种族血脉。小女孩主动跳入火海，看似是个人的故事，是英雄的故事，可是离不开其生长的土壤和生活的环境，正因为此方土壤播撒了善的种子，正因为此股风中包含了吉祥的气流，就已经决定了故事的性质。

许多故事，已经传到离草原更远的地方，可是更多故事，还在草原的怀抱静静地发生，静静地议论，然后静静地忘记，好像什么也没有发生过。

吹在草原千百年的风，传来了千百年草原的故事，千百年草原的故事，承载了千百年草原人的血脉，这就是一方水土养一方人，一方人创造一方故事。

情

在故乡，有很多难以忘记的情怀，可是最忘不了的还是父亲讲过的故事。

小时候，父亲给我讲过很多故事，故事中有山有水有牧民，还有他们的牛羊和马群。故事中的人们，从遥远的地方赶来，故事中的人们永远随水草丰美而居住。故事中的人们，有战争还有痛苦，有病老还有生死，当然，更多的时候嘹亮的歌声伴随悠扬的琴声。

小时候，父亲给我讲过很多故事，可故事还没有讲完，我就先入睡了，所以故事的结尾永远跟我甜美的梦相连。入梦后，故事依然在延续，梦醒后，故事依然在心中。在我梦中，故事中的人们可以更换很多不一样的角色，有些故事可以有很多不一样的结尾，有些结尾也可以连着更多不一样的开头。故事中的人们，夜夜在我梦中相遇，天天在我心中存活。

故事中，山是有思想的山，河是会说话的河，鲜花与草木都有灵性，故事中的江河，带着我们的故事，静静地流向看不见的远方。

故事中，山上居住着一千个龙女，龙女的美颜照亮了山水的色彩。在草原最美的季节，成群的龙女聚集在岩山包围中的天池沐浴。

故事中，仙女湖是大地的眼睛，她能照亮人间的冷暖，她能映出草原的兴衰，她的一滴喜悦的泪珠，能消除人间亿万年的苦难。

故事中，仙女洞洞内有洞，洞洞连着不一样的世界。每一次猴年到来的时候，虔诚的人们借助蜡烛的光入洞朝拜，而不一样的人，能到达不一样的地方，不一样的人，从不同的洞口出来。

故事中，阿尼吉郎的坐骑是一匹棕色的河曲马，他有数不尽的骏马，他的骏马，马蹄永不落地，在离地三尺的空中飞旋，它们永远守护着这片吉祥的大草原。

小时候父亲讲过很多故事，现在很多故事已经展开双翼飞向女儿、侄女、侄子们的心中。这就是草原上代代相传的故事，这就是草原上代代相承的血脉。

说起故乡的风土人情，最难以忘怀的还是父亲的故事。

回家的路

走远了才想起启程的点，走累了才懂得蓦然回首，不管走远走累，依然忘不了梦开始的地方。旅途中，谁能给我一杯烈酒，我没有喝它已经很长时间了，其实再多的酒，也解不了我的渴，此刻，我需要一杯来自山间的清泉。

走远走累，脑中渐渐失去故乡的方向。走远走累，远行的人还在路上。岁月为昨天写下了无数个省略号，未来的路，不知伸向何方。

不知什么诱惑，身不由己走向不归的路。不知什么声音，召唤远行的灵魂，一步接一步走向远离故土的路。可是现在，在岁月的边缘，远行的人在寒风中颤抖，得到一切的一切，才发现两手空空荡荡。找到了所有的所有，才知道心依然是空的。

一切的路，从起点连到终点。一切的归宿，从终点不知去向，脚步点点滴滴，就像空中的繁星，蓦然回头，再也找不到回家的路。

远行的人，在岁月的风雪中颤抖。刹那间，失去了前行的方向，因为路不知伸向哪里。此刻，多么需要一杯干净的水，多么需要一缕干净的空气，多么需要一粒干净的粮食。还没到终点，远行的人，心已经飞回了起点，因为，远行的人心里明白，只有在故乡的山间，能找到干净的清泉；只有在故乡的土地，能找到干净的粮食；只有在故乡的怀抱，能呼吸干净的空气。

在故乡，青山依旧在；在故乡，绿水万里行。故乡的山，能容纳每一个远行的人；故乡的风，会迎接每一个远方归来的游子。空气中充满颗粒，颗粒中掺杂雾和霾。此刻，心已经渴了，渴得无法忍受岁月的磨难；此刻，心已经累了，累得再也走不到路的尽头。远行的人在岁月的狂风中颤抖，就像一只暴风中隐隐约约的蝴蝶。此刻，可以抛弃一切，仅仅是为了故乡的一滴清泉；此刻，可以一无所有，仅仅是为了故乡的一粒粮食；此刻，可以放弃所有，可不能没有故乡的一缕空气。远行的人，把心寄回故乡的天空；飞翔的心，带着疲惫的躯体，依然前行在回家的路上。

斯琴夫

我们的柴达木像画一般
灵魂的洗礼
美哉！食指定格的海西
冰窟里的温暖

斯琴夫，男，蒙古族，德令哈人，毕业于中央民族大学蒙古语言文学系。中国作家协会会员。青海省海西蒙古族藏族自治州文联党组书记、主席， 德都蒙古文化研究会会长。擅长用蒙汉双语写作。出版个人蒙古语诗歌集《离太阳最近的山》,汉语诗歌集《吻醒柴达木》《滚烫的石头》，蒙古语杂文集《阴影里闷热的人们》，汉语散文集《金色世界·德令哈》(合著)，汉语民俗文化集《敖包祭》(合著)等。多首诗歌被选入权威选本集，策划、编辑、主编图书十余种。曾多次获得国家级、省级新闻和文学艺术类奖项。

我们的柴达木像画一般

金色世界：德令哈

“德令哈”乃蒙古语，全称“阿里腾德令哈”，意为“金色的世界”，现已习惯简称“德令哈”。为何这个地方叫阿里腾德令哈即金色的世界？在外人眼里荒凉、僻静的小地方，为何起这么响亮的名字？好多人对此不解。

德令哈历史悠久。周代，羌人就在此一带游牧。公元4世纪初，吐谷浑进入柴达木立国建都（治所伏俟城），德令哈为吐谷浑辖地。唐初（663年），吐蕃势力拓展，灭吐谷浑，德令哈地区归吐蕃管辖。13世纪蒙古兴盛后，势力很快进入柴达木地区。明清时期，东蒙古亦不剌、阿尔秃斯等部先后来此地驻牧。

明崇祯十年（1637 年），西蒙古固始汗率和硕特部和准噶尔巴特尔洪台吉的联军进入青藏高原。固始汗去世后，其第六子桑噶尔太游牧德令哈一带的广阔区域。清雍正初年在平定罗卜藏丹津事件之后，青海蒙古族分为二十九旗，其中柴达木盆地蒙古族分为八旗，均为西蒙古四厄鲁特之一和硕特部。德令哈地区为和硕特北右末旗[俗称柯鲁沟（克）贝勒旗和柯鲁沟（克）扎萨克旗]驻牧地，此状况一直维持到 20 世纪 40 年代。到新中国成立前，该地为青海蒙古左翼盟长苏南木王吉力王公的驻牧地。柯鲁沟（克）王爷驻牧地为今德令哈戈壁盆地一带。

那从什么时期起，这个地方起名为阿里腾德令哈呢？可以肯定地说，蒙古人进入该地区就诞生了这个名字。蒙古人的足迹在柴达木盆地已有 700 多年的历史，现世居在柴达木的西蒙古和硕特部后裔定居此地已有 360 多年。

关于这个地名的来历，在当地蒙古族中流传着这样一个说法。

很早很早以前，固始汗率兵从新疆乌鲁木齐一带迁移至青藏高原定居。当时固始汗给自己的八台吉划分青海湖周围广阔的草原为封地。那时可汗的八台吉对于自己所拥有的草场情况一点也不清楚，纷纷派人察看自己所分到的草场地形地貌。而分到现在的德令哈一带牧场的台吉，也派出人员来到这片金色的戈壁滩。他被这里的景色迷住了，回到部落向部落头人汇报："我们所去的那个地方，恰逢金色八月，水草茂盛，那里的景色迷人，气候宜人，连片的芨芨滩草原一片金色，两边环绕着群山，中间是一片空旷草场，地势平坦，周围有美丽的湖泊和茂盛的芦苇草，真个是水天一色，天上人间的好地方！看样子，那里一般情况下不会遭到自然灾害，是个非常适合居住的世外桃源！"部落头人听了汇报后，非常兴奋，喜出望外，稍加思索后就说："长生天给我们部落赏赐了这片宝地，那就把这个地方叫作'阿里腾德令哈'吧，我们的王爷府就建在那儿。"从此这个地方就定名为阿里腾德令哈，并且一直延续到解放初期。

原阿里腾德令哈是指现乌兰干沟以东至德令哈农场一带。当时旧柯鲁克旗王府和寺院就在今德令哈村。后来人们为了简便，简称德令哈，把阿里腾这个形容词给省略掉了。蒙古语至今仍然称之为阿里腾德令哈。现已成为德令哈市的市名，该市还有一个村一直沿用德令哈这个名字，全称唯一保留完整的是原柯鲁克旗最大的黄教寺院——阿里腾德令哈寺。

金色的世界德令哈在先辈们的心里，总是最美丽、最神圣的，它是先祖们对土地的爱和对大自然的敬畏之心、纯净之情。所以就不难理解这个地方为何称作金色世界了！

河流密集的地方：格尔木

“格尔木”系蒙古语，意为“河流密集的地方”，因境内河流密布、支流纵横、沼泽众多而得名。格尔木民国时期音译为格里牟，1955 年后写作噶尔穆，1960 年起规范为格尔木，其蒙古语标准读音为郭勒木德。现有该市郭勒木德镇的镇名与格尔木意思等同。

早期，羌、吐谷浑、吐蕃等民族先后在这里驻牧。明洪武七年（1374 年）起蒙古人进入此地，后（1512 年）又有东蒙古来回活动于柴达木一带。明崇祯十年(1637 年）厄鲁特蒙古和硕特部首领固始汗进入青藏高原，格尔木地区成为部分和硕特蒙古牧地。清雍正三年（1725 年），清朝政府采取分散管理的办法，将青海蒙古分为二十九旗，其中海西地区分为八个旗，俗称“柴达木蒙古八旗”。格尔木地区属和硕特部西右中旗（俗称台吉乃尔扎萨克旗）驻牧地。原台吉乃尔旗下属四陶海（佐领），即天克里格陶海（又称诺木洪）、郭勒木德陶海、哈吉尔陶海（今乌图美仁）、尕斯陶海。直到中华人民共和国成立前这里都是台吉乃尔扎萨克旗驻牧地。

1952年，格尔木正式解放。1954年7月在格尔木正式成立阿尔顿曲克哈萨克族自治区（区级），隶属海西州。1955年设格尔木工作委员会，属柴达木工作委员会。1960年11月，撤销格尔木工委，设格尔木市，属柴达木行政委员会,辖哈萨克自治区。1962年柴达木行政委员会撤销，归自治州直辖。1965年3月撤销格尔木市,改设格尔木县。1980年6月，经国务院批准，格尔木县恢复为格尔木市。1984年5月，在该区居住的哈萨克族返回原籍新疆。

格尔木为何是个河流密集的地方？因为该地区内河流纵横，地表水和地下水资源相当丰富，昆仑河、舒尔干河、格尔木河、那仁郭勒河、乌图美仁河、托拉河、东台吉乃尔河、大格勒河等几条大河均在格尔木境内。柴达木最大的两条河均在格尔木境内。仅从格尔木河而言，它的上游和下游汇集或分流的大小河流就达数十条，蒙古人总称郭勒木德，即现音译的格尔木。

河流密集的地方——格尔木，在人们的视野里涌动着春天的色彩。这里有汇聚的河流，是天上人间搭起的哈达，它滋润了干枯的土地，哺育了柴达木儿女！

温暖大地：都兰

“都兰”系蒙古语，意为“温暖”。都兰一名早见于现在乌兰县的都兰寺和都兰河，还有都兰湖等名称。那么乌兰的都兰这个名称何时“迁移”到现在的都兰？这是个值得回味的故事。

1919年，海西地区首设都兰理事公署，系甘肃省派驻管理，治所在都兰河畔的都兰寺附近，管辖海西地区蒙古八旗和藏族五族。1929年，青海正式建省。原都兰公署改设都兰县，统辖海西地区。首任县长到任后看到都兰寺地处峡谷，有碍发展，遂将县府移至希里沟。1949年9月，青海解放。同年10月组建新的都兰县人民政府（临时），县治仍设在希里沟。当时的希里沟被马匪残余破坏得不像样子，短期内无力修复，经报请省军政委员会批准后，1949年12月，都兰县治所由希里沟迁至察汗乌苏，辖海西地区。这是都兰这个名称迁移至现在都兰的真实由来。

都兰县历史悠久。古代这里先后有羌、吐谷浑、吐蕃等民族驻牧。明正德七年（1512年），东蒙古进入青海，都兰地区成为东蒙古诸部牧地。明崇祯十年（1637 年），西蒙古和硕特部固始汗入据都兰。1725 年，青海蒙古被编定为二十九旗，归青海办事大臣管辖。今都兰县境为和硕特西右后旗（俗称巴隆扎萨克旗）、和硕特西左后旗（俗称宗加扎萨克旗）和班禅香加旗的驻牧地。中华人民共和国成立前，藏族日安、沟里两个部落亦进入都兰境内驻牧。

今日的都兰是个魅力四射、文化多彩、生机盎然的温暖大地。从远古到今，从历史到现实，都闪烁着温暖大地的光芒！

红色胜地：乌兰

“乌兰”系蒙古语，意为“红色”。乌兰这个名称来历，一般认为是因乌兰县东北侧有一红色巨石山崖，故名。另一种说法是，此名称含有特殊的纪念色彩。1952 年初，都兰县公安局局长纪炳文等同志去茶卡执行紧急任务，途经乌兰布拉格（系蒙古语，意为“红色的泉水”）时，突遭土匪袭击，纪炳文等 7 位同志全部壮烈牺牲，乌兰布拉格成了一个引人注目的地方。该县定名时，取乌兰布拉格前两字乌兰为新县名，以此纪念这7位革命烈士。从此，乌兰成了希里沟地区的代称。

蒙古语里带“乌兰”这个修饰词的地名数不清。除了乌兰哈达（红色山崖）、乌兰呼秀（红色山嘴）、乌兰干沟（红色沟）等人人皆知的地名外，还有乌兰才尔格（红军）、乌兰哈木噶里呼才尔格（红卫兵）等20世纪产生的新名词，像乌兰才其格（红花）、乌兰格日勒（红光）等人名也很多。由此推断，“乌兰”这个名称具有很浓的象征纪念意义。

乌兰县是以蒙古族为主体的多民族聚集地。远的不说，仅从有较翔实历史记载的清朝初期说，原在新疆乌鲁木齐一带的厄鲁特蒙古和硕部南下青海，入据海西。公元1637年，固始汗率联军进驻希里沟，乌兰遂成为固始汗进兵青海、西藏的据点。从公元1725年至中华人民共和国成立前，乌兰为蒙古族左翼盟和硕特部西前旗（俗称青海王噶旗）、西后旗（俗称柯柯贝勒旗）和北左末旗（俗称茶卡王旗或达布逊戈壁旗）的驻牧地。

1919年，海西地区首设都兰理事公署时设在现乌兰县都兰寺附近，管辖海西地区蒙古八旗和藏族五族。1929年，青海建省，原都兰公署改设都兰县，县府后来移至希里沟。青海解放后，当年10月组建新的都兰县人民政府

（临时），县治仍设在希里沟。1949 年 12 月，都兰县治所由希里沟迁至察汗乌苏，1950 年 5 月，希里沟成为都兰县区。1955 年划归德令哈临时工作委员会管辖。1958 年 4 月，德令哈临时工委撤销，改设德令哈县，希里沟地区归德令哈县管辖。同年 11 月，设县一级茶卡工作委员会，希里沟地区又归茶卡工委管辖。1959 年 3 月，首设乌兰县至今。

以上，说明乌兰县的确是海西州建政初期的红色革命圣地。这里的热土培育出一代又一代党的优秀儿女。如乌兰籍的官保加、王德海等蒙古族上层人士，在建政初期就担负重要工作，在那艰难的岁月里，为柴达木的开发、建设，与各民族群众精诚团结、艰苦奋斗、无私奉献，奠定了今日海西的基石。

乌兰如火红的少女，她是美丽的化身！

天梯冰山：天峻

天峻境内原藏族部落名为汪什代海。天峻因临靠天峻山而得名。当地藏族称天峻山为织盖天钦。1954 年 7 月建县时，议定县名为天钦宗，汉语书写为“天峻”。据说“天峻”是藏语“天钦”的谐音，意为“阶梯状的山”。藏语标准名称是“天木钦”。另一种解释是，“天峻”源于蒙古语“天沁察汗哈达”，“天沁”意为“长年不融化的冰雪”，而“察汗哈达”是“白山崖”之意。这里曾经是羌、吐谷浑、吐蕃等民族的驻牧地。后蒙古人进入此地，是蒙古诸部的驻牧地。1637 年起，西蒙古和硕特部兴盛，1725 年清朝政府编定青海蒙古二十九旗时，这里被封为和硕特北前旗驻牧，此地西部为和硕特北右末旗驻牧。到乾隆、嘉庆年间，蒙古诸旗势力逐渐衰退，藏族汪什代海部落迁此驻牧至今。

1917 年，天峻地区隶属都兰理事公署。1930 年属都兰县，省直辖。1950 年该地区被划为都兰县第二区。1954 年由都兰县析置天峻藏族自治区（县级），隶海西州。1955 年 6 月改自治区为天峻县至今。

天峻是海西州唯一的纯牧业县。近年来工业经济迅速发展，“黑金子”煤炭业的兴旺和稀奇资源可燃冰的发现，使天峻县一夜之间成为人们关注的焦点，显现出宏大的发展潜力，现已成为实现海西速度的一匹黑骏马。

天峻山辐射出的是天梯之壮美，大自然的鬼斧神工给我们塑造了大美海西的天峻秘境。

辽阔的盐泽戈壁：大柴旦

“大柴旦”是汉、蒙古混合语。“大柴旦”，蒙古语称“依克柴达木”，意为“辽阔的盐泽戈壁”，“依克”即“大”，“柴达木”意为“略带盐的辽阔的地方”，因临近依克柴达木湖畔而得名，现已习惯简称“大柴旦”。柴达木盆地分为大柴旦和小柴旦两块，两个盆地各拥抱着一个湖，即依克柴达木诺尔（大柴旦湖）和巴葛柴达木诺尔（小柴旦湖）。现在我们所说的柴达木盆地就以此地为中心，囊括整个海西的大地域概念。

清雍正三年（1725 年）编定青海蒙古二十九旗，该地为蒙古族和硕特部北右末旗（俗称柯鲁克贝勒旗或柯鲁克扎萨克旗）九陶海之一的柴达木陶海的驻牧地。陶海是旗下设的机构，相当于现在的乡一级组织。中华人民共和国成立后，经 1954 年和 1955 年两年的地质勘探，确定柴达木盆地是全国罕见的聚宝盆。此后，国家决定迅速开发柴达木。1956 年 3 月，第一批先遣队来到大柴旦，1956 年柴达木工委从格尔木迁至大柴旦。从此，小镇成为柴达木盆地的政治、经济、文化中心。1960 年 11 月，设大柴旦市，该地成为柴达木行政区和海西蒙古族藏族哈萨克族自治州首府。1963 年，柴达木行政委员会撤销。1964 年 6 月，撤销大柴旦市，改设大柴旦镇，属海西州直辖。1966 年，海西蒙古族藏族哈萨克族自治州首府迁驻德令哈。1992 年，大柴旦镇改设大柴旦行政委员会，作为州人民政府派出机构。

柴达木这个响亮的名字在人们耳畔回荡已久。它是海西的旗帜，是文化的活化石。在历史的岁月中洗礼，在民族的变迁中融合，它是这片浩瀚大地闪光的胸牌！

冰冷的湖水：冷湖

“冷湖”是蒙古语“奎屯诺尔”的意译名。因镇西北有个湖叫奎屯诺尔，湖水冰冷异常而得名。清雍正三年（1725 年），编定青海蒙古二十九旗时，该地属和硕特北右末旗（俗称柯鲁克贝子旗或柯鲁克扎萨克旗）九陶海之一的塞什腾陶海（陶海是旗制下设的机构，相当于现在的乡一级机构）驻牧地。该陶海牧民在以大苏干湖（蒙汉混合语）和小苏干湖为中心的塞什腾盆地放牧，湖区周围水草丰美，泉水遍布，均是优良草场，适于放牧。到 20 世纪 40 年代初期，蒙古族和哈萨克族两个民族发生冲突，该地蒙古族为躲避战祸，被迫迁移至甘肃敦煌、安西、玉门一带农区边缘,散居10年之久。从此这里为哈萨克族驻牧地。中华人民共和国成立后，为了确保稳定，1953年，甘、青、新三省在兰州召开民族人士联谊会议，三方出于识大体、顾大局的形势要求，最终由西北军政委员会决定，暂时同意哈萨克族群众继续在塞什腾一带驻牧。从此这一“暂借牧”就成了永久定居。现属甘肃阿克塞哈萨克族自治县团结乡牧地。现肃北蒙古族自治县的大部分蒙古族是原青海柯鲁克旗塞什腾陶海的后裔，他们至今仍然把这里视为自己的故土，老人们不时带着子孙回访自己曾经的故土，诉说往日的历史。

关于冷湖这个地名由来的另一种说法是，1956年一支地质队来到这里，有一个无名小湖，地质队员因它不引人注目便起名冷湖。我在有些对柴达木人文环境不熟悉的作品里，不止一次看到过如此草率的解释。这从其附近的地名看就知道，这些地名不是一朝一夕定名的。比如，“塞什腾（山）”，蒙古语，意为“苏醒”；“阿尔金（山）”，系蒙古语“阿尔曾”的谐音，因山内曾生长柏树而得名；“苏干（湖）”，系蒙古语“苏汗诺尔”的谐音，因湖周边生长红柳而得名。由此推论冷湖这个地名历史悠久，更何况海西蒙古族和肃北蒙古族称此地为奎屯诺尔的正统习惯至今都没改变。这是任何人从主观上都无法改变的历史和现实。

1954 年初，地质 632 队、石油地质勘探队陆续来此地探矿。1957 年 12 月，柴达木行委在此设立办事处。1959 年初，青海石油勘探局从大柴旦迁至冷湖，次年成立冷湖市。1964 年，撤销冷湖市改设冷湖镇。1992 年 1 月，冷湖镇成为州政府派出机构——冷湖行政委员会。

冷湖这个地方虽条件艰苦，但在柴达木开发建设史册里记下了永不磨灭的辉煌一页。20 世纪 50 年代，冷湖以石油城闻名全国，号称柴达木盆地的“油都”。带有刚性和静秀之美的“冷湖”闪烁着大自然原生态的魅力！如果哪一天冷湖不叫冷湖，而叫暖湖或热湖时，那将是人类何等的悲哀啊！

圣人的额头：茫崖

“茫崖”，系蒙古语，标准读音为“茫乃”，意为“额头”。原是蒙古族牧民对尕斯盆地东部茫崖湖至老茫崖这一大片荒漠戈壁的称呼。因其附近的雅丹地貌土垅群，前端呈圆头状，突出似额头。之所以称作茫崖，还因为这一地区长期受罗布泊干旱狂风的剥蚀，形成一条条西北至东南向长几十米、高数米、宽几米至十几米的土垅，从远处看，就像一个个头发往后梳理的圣人额头，蒙古族牧民故把此地称为茫乃，即茫崖。

1725年至中华人民共和国成立前，该地为蒙古和硕特部西右中旗（俗称台吉乃尔扎萨克旗）四陶海［尕斯陶海、哈吉尔陶海、郭里木德陶海和天克力格陶海（诺木洪）］之一的尕斯陶海驻牧地。1956年1月，设立茫崖工区（县级）；1964年6月，撤销茫崖工区，改设茫崖镇，1984年，设立海西州政府派出机构茫崖行政委员会；2018年，茫崖建市。

茫崖这个地名，切切实实是个有“脑子”的文化符号，虽然那些荒凉偏僻的不毛之地在不懂自然规律的人们眼里是个死亡之海，但它在我们心中永远是大自然赐予的壮丽杰作，因为它是大地母亲沧桑的额头！

灵魂的洗礼

德令哈的秋天伴随着绵绵细雨，过早地降临在巴音河两岸。然而，迷蒙的雨雾非但没有影响我的心情，反而使我的心境格外晴朗，因为德令哈干燥酷热的夏天终于被湿漉漉的早秋取代了，还因为这是个收获的季节——我手头上正在打开的一部沉甸甸的书稿《心镜——蒙古语青海方言》，就是我在金秋伊始获得的精神食粮。

这部厚重的书稿出自青海著名学者、德都蒙古文化研究领域的泰斗式人物贾晞儒先生之手。对于我来说，这么有分量，犹如金子般珍贵的书稿，能在第一时间让我拜读和欣赏，可谓是莫大的荣幸。而令我更为感到荣幸，却又不免诚惶诚恐的是，贾老先生竟然命我作序，这就让我有点为难了，名人作序自古有之，无名之辈岂敢造次？为此，我再三婉言谢绝。但贾老先生的每一次回复都是那么真心诚意，又那么令人不容置疑，那种执着简直令我难以言表。他老人家的每一次回复总是这样说："……这是我耄耋之年的收官之作，况且我是应你之邀才撰写这本书的，由你作序是再合适不过了！哪怕是一篇短文，或是几句话都行，权当是咱们莫逆之交的一段美好记忆，一个永久的纪念吧……”

我还有啥话可说？于是，我在德令哈的蒙蒙细雨中，开始构思这篇与其说是序言，倒不如说是一篇对贾老先生的感念之文——因为他对一个德都蒙古人后裔的勉励和嘱托深深打动了我。而就在这场秋雨似停未停，牛毛细雨布设瀚海梦境的时候，贾老先生又一次发来短信，催托我赶快把写好的序言直接发给出版社的编辑老师，以便在书稿下厂印刷之前进行版面设计。

我再也不好意思推辞。于是,就写出了这篇不能成为《心镜——蒙古语青海方言》之序的文章。目的只有一个，就是表达我对贾老先生毕生研究德都蒙古历史文化的崇敬之情。

贾老先生是我心目中的一棵常青树。他的为人、学风、学养、学识、著述、成就，让众多学界人士，尤其是我等后辈无一不崇拜敬仰。他是青海民族大学终身教授，是“青海蒙古研究杰出贡献奖”获得者，是一位名副其实的大学者，更是我们德都蒙古人最崇敬和最爱戴的“加·希日布巴格席”（蒙古族学生对他的习惯尊称）。

贾老先生的学术造诣和人格魅力在整个学术界，尤其在德都蒙古人的心目中是个永远的“赛音巴格席（好老师）”。他的一生都在给学生传授高原少数民族历史文化。三尺讲台是他解惑释疑、传授知识、激情演绎的剧场；他一生为高原少数民族历史文化著书立说，一方陋室是他才思涌动、废寝忘食、笔耕春秋的沃野。其治学严谨、探索不止、兢兢业业的学术精神，让我感受到了一个真正的学者那种铅华去尽的学识、人格魅力，他是一位集书品和人品于一身的学者楷模。

贾老先生，一位在20世纪60年代初就从八百里秦川来到青海高原的汉族学者，却把精通德都蒙古语言文字、研究德都蒙古历史文化作为毕生的梦想和追求，并把少数民族兄弟姐妹始终亲切地称为“我的恩师”的人。因此，我敢坦言，他这种以人民为师的学者风范，就是我们德都蒙古谚语中所说的“白天难见星辰，夜晚难遇阳光”的一位加·希日布巴格席。

当我捧读《心镜——蒙古语青海方言》时，正逢细雨连绵，不见星月的秋夜。而我读完此书时，又是不见天日的雨天。然而，这部由贾晞儒教授在耄耋之年倾心书写的著作，犹如白昼的星光、暗夜的太阳，让一个自诩为德都蒙古人后裔的诗人自愧弗如。

语言文字是一个民族的灵魂缩影，其方言更能体现出一个民族的文化历程和心灵版图，而贾老先生正是这样一位慧眼识宝的高人。因为，他从这块心灵版图上找到了可圈可点的精魂之处。《心镜——蒙古语青海方言》是贾老先生应海西州德都蒙古文化研究会特邀而撰写的一部学术性强、独具文化论点、堪称“孤本”的经典之作。它像一面映照民族灵魂的镜子，折射出地域文化的魅力之光。

近年来，德都蒙古文化研究会先后组织策划出版了蒙古文、汉文版的德都蒙古历史文化系列丛书，其中《德都蒙古文化简论》一书，就是贾老先生应德都蒙古文化研究会之邀撰写的，是学者和读者公认的撑起德都蒙古历史文化的学术骨架，在蒙古学中开拓德都蒙古学术研究课题的领域发挥了举足轻重的作用。此外，还有他著述的《语言文化学视野下的德都蒙古民间歌谣》《青海蒙古语言文化纵论》《语言是民俗的一面镜子》《语言文化学》等书籍，均以研究德都蒙古语言文化为重点，填补了我国蒙古语方言研究的空白。

《心镜——蒙古语青海方言》是一本怎样的书呢？我无权在这里评说什么。我只是一个最先拜读这部著作的幸运者而已，但作为一直崇敬贾老先生的读者，平心而论，这是一本难得的好书，它将成为德都蒙古历史文化研究者、爱好者、传承者赖以解渴的清泉。

据我所知，在蒙古族文化历史上曾经出现过两部关于蒙古语语言学的大书，一部是13世纪中叶的著名学者贡嘎加勒桑的《jurken tvlete》(《心鉴》)，另一部是14世纪初叶的著名学者却吉斡斯尔的《jurken tvlete》(《心镜》)。贾老先生在书的引言里写道："语言像镜子一样可以折射出一个民族或一个社会的心智和文明程度。所以，他们以这个《jurken tvlete》(《心镜》) 来命名，是名副其实的。因为语言本身就是人类的精神创造和心智的结晶。用《jurken tvlete》(《心镜》) 作自己研究成果的书名，是很有见地的。故此，本书冒昧地随顺其意，名曰《心镜——蒙古语青海方言》，是旨在学习前人的治学精神。"

贾老先生在耄耋之年，克服了承担着繁重的学术研究和体弱多病的双重压力，以坚忍不拔的毅力与时间赛跑，用严谨的学术精神、务实的科学态度终于完成了这部可以千古流传的绝世佳作《心镜——蒙古语青海方言》。该书分为六个章节，他以开阔的视野，从不同的角度论述了德都蒙古（青海蒙古）方言的特点、积淀、结构、对比、载体、发展等。

也许是我略微了解蒙汉两种语言文字的缘故，我阅读起来感到特别轻松愉快，不由自主地便被它带到了一个万紫千红的方言世界，也让我在字里行间聆听到了犹如蒙古长调般的天籁神韵，更使我体验到了蒙古语青海方言的独特魅力和这个民族自然天成的文化涵养。

贾老先生说："这是我的收官停笔之作，是在你的约稿时限内尽我最大的努力完成的，由于时间关系和身体不适的原因，难免有出错和纰漏之处，请你和编辑们批评指正。"面对这样一位待人亲和却处事低调、知识渊博、惠风和畅、可敬可爱的八十高龄的学者，我不知该说些什么。于我而言，把这部出自名师之手、呕心沥血书写的著作，高质量、无差错地顺利出版则是我应尽的义务和责任，也是给贾老先生回赠的最好礼物。

此刻，贾老先生惠寄我的书稿，正在为我呈现那篇富有诗意的后记。我手捧这部弥漫着油墨清香的《心镜——蒙古语青海方言》的清样掩卷沉思。这是一个雨水中早到的清爽的秋季，但早到的秋雨中，树叶尚未变黄，波斯菊依然次第绽放、随风摇曳。"好雨知时节，润物细无声"，就是我对贾老先生的声声寄语。是的，《心镜——蒙古语青海方言》就是这润物细无声的好雨，洗净了我曾经蒙尘的眼眸；而那明若清泉的心境所折射出的光芒，更使我的灵魂得到了神圣的洗礼。

美哉！食指定格的海西

一直以来，我对从事摄影工作，尤其是矢志不渝钟情于这项事业的人都抱有一种敬慕之情，这种情感源于我的牧童时代。印象最深刻的是父亲从巴音河（当时人们对州府所在地德令哈的称谓）带回蒙古包的《人民画报》《解放军画报》《工人画报》《农民画报》等已被翻旧，甚至有的已经破损的画报。尽管那时我还看不懂文字，但我能从那些彩色或黑白的影像中看懂“宁愿前进一步死，绝不后退半步生”的英雄壮举；领悟“宁可少活二十年，也要拿下大油田”的豪迈气概；感受“誓死奋战狼牙窝，敢叫荒山变梯田”的凌云壮志；体味“阿爸为我饮战马，阿妈给我补衣衫”的草原情怀。

而今，当我也成为一名摄影爱好者的时候，摄影的神奇魅力远远超出了我写诗的情感冲动，即便是在没有高像素数码相机的情况下，我也会用高智能手机即兴拍摄一些自认为感兴趣的图片，通过微信发在朋友圈。那些接踵而来的点赞让我像喝了一碗马奶酒一样无比兴奋和激动。然而，当海西州摄影家协会主席陈生贵将这本名为《文化擎举柴达木——海西州摄影家协会会员作品集》的样册呈现在我面前，并恳请作序时，我顿时感到有些微醺般的头晕目眩。

这种头晕目眩的感觉是被一种富有冲击力的视觉盛宴所震撼的心灵感悟，它不仅加深了我对摄影艺术更深层次的认可，也进一步坚定了我对摄影家和摄影爱好者应该持有的界定。我曾经在一次主题为“聚焦柴达木”大型摄影活动的致辞中坦言：“你们是用相机写诗文、抒胸襟、讲故事的作家；你们是用光影构图、造景和描绘自然的画家；你们是用时间见证、记录和再现历史的学者……”

是的，柴达木独特的地理位置、稀有的地质构造、罕见的自然奇观、神奇的古老传说、悠久的历史遗存、丰富的民俗风情都为摄影家提供了绝无仅有的创作境地。诸如长江源头、千年冰川、天空之镜、万丈盐桥、雅丹地貌、海市蜃楼、圣界昆仑、王母瑶池、吐蕃墓葬……无一不是摄影家用第三只眼睛聚焦、用食指迅速按动快门的天堂。于是，先后就有于云天、李少白、梅生、程卫东、奚志农、解海龙、陈小波、付欣、卢广、王福春、孙海波等近百名国内外著名摄影家慕名前来柴达木进行摄影创作。

我想说的是，他们虽然名冠全球，但毕竟是匆匆过客，他们走马观花和浮光掠影的影像虽不乏上乘之作，但作为序者，以张纪元、陈生贵、焦生福、樊尚珍、邓良明、李善元、乌席勒、胡文物、马成义等为代表的本土摄影家更是我推崇和赞赏的摄影家。

在他们中间，有许多人获得了国内和国际的摄影奖项，不仅显示了他们的艺术才华，也彰显了海西州摄影家协会在中国及国际影赛中的实力。尤其值得一提的是：在第57届世界新闻比赛（荷赛）中，樊尚珍的《大漠狼行》摘得自然类单幅作品三等奖。

诗是流动的画，画是凝固的诗。对于热衷于摄影，并对摄影家抱有敬慕之心的我来说简直就是一句至理名言。因为，海西自然形成的山川地貌，广袤戈壁的大美在他们用食指按动快门的瞬间定格。因为，海西悠久的历史文化、多彩的民俗风情在他们暗房洗印底片的过程中重现。

虽然胶片时代已经走远，价格昂贵的相机也不再是官方独有的宣传工具，或是少数人拥有的奢侈品。但毫无疑问，无论社会如何发展变化，摄影是普及最快，也是最广泛的一门艺术。尽管如此，但它记录的本质和审美的意愿却从未改变。这本画册所彰显的恰恰就是这种普及之后，再经大浪淘沙的精品荟萃。它不仅蕴含着数码相机的无穷魅力，更彰显出摄影者的艺术追求和人文情怀。

大漠孤烟直，长河落日圆，那是柴达木摄人心魄的壮观景象；

昆仑六月雪，水上雅丹漂，那是柴达木惊世骇俗的岁月沧桑；

驼铃音犹在，戈壁长调谣，那是柴达木感恩时代的家园牧歌；

瀚海枸杞红，碧空鹏程到，那是柴达木丝路花雨的旷世诗行；

这就是这本摄影集所展示的别样乡愁，所吟诵的别样乡恋，所寄托的别样乡思……

柴达木摄影正当时，我们踏上“新征程、新时代”，为庆贺改革开放 40 周年，献上海西摄影人的一份厚礼。

冰窟里的温暖

柯鲁克湖是一片情感的汪洋，我是柯鲁克湖畔展翅的一只候鸟。今天虽然是个寒冷的天气，但我依然飞回来，再次感受那久违的冰窟里的温暖。

柯鲁克湖上的冰窟之美和温暖，让我时刻清醒，也让我浮想联翩。那种冰凌，蒙古语叫“suong”。每年冬季三九之时，湖畔不远处就能听到冰块碰撞的巨大轰隆之声，好像放鞭炮或放大炮一样，从湖中央发出一阵阵特别大的声音来，老远就能听得清清楚楚。

很久之前，每到三九天，这种冰窟自然而然地一夜之间隆起来。隆起的冰块又高又厚，千姿百态，形状怪异，从远处看，就像万里长城一般，形成一条条弯弯曲曲的冰墙，场面特别壮观。有的自然形成的冰窟，就像牧民的马蹄莲帐篷一般，人可以进去随意玩耍。

小时候，我和伙伴们经常偷偷地跑出去在那里玩个够。那时候虽然天气很寒冷，但我们一帮草原小屁孩流着鼻涕玩耍，忘却了这是冬天，并不觉得怎么冷。但近几十年，由于气候变暖的缘故，再也看不到那种神奇的自然景观了。

听老人说，中华人民共和国成立前，这一带与异族部落之间的冲突或土匪的骚扰事件时有发生。成年男子听从旗王爷的指挥，必须参加部落自卫队，对抗外来的土匪（蒙古语叫“阿仍更”）袭击，保卫家园。那时壮丁们都出去应战，对付外来的侵扰。留下来的都是一些老弱病残，只能看护家园和放牧牲畜。但留下来的人也不轻松，一旦有什么动静，马上就要进入高度戒备状态。比如，白天不能随意在家里烧火做饭，这是为了防止土匪看到冒烟的地方，一旦土匪发现哪里冒烟，就有可能成为他们袭击的目标。如被发现，一般在夜里偷袭的可能性较大。所以，这一带牧民一旦发现土匪的动静，就在天黑之前，悄悄地转移到安全的地方躲藏起来。那时最安全隐蔽的地方，就是柯鲁克湖冬季的一道道冰窟“木孙松”（蒙古语）。他们从家里带着干粮，在湖边割上几捆芦苇，走进湖中央的冰窟里，把芦苇铺垫好，临时“造”一个温暖的家待着，等土匪走了才回家。

老人回忆说：“当时冰窟那里最安全，一般不易被外人发现。外来的土匪对这里的地形地貌不熟悉，均属一夜盗客，根本想不到湖中央的冰窟里还能躲藏人。”

老人还说:“就这片圣湖，最困难的时候也没忘记咱们，敞开怀抱保护了那些老弱病残。虽然是三九寒天，那里却成了我们温暖的家，不知躲过了多少回灾难啊！”

每次老人讲这些故事时，我的鼻尖都是酸酸的，心里有一种又酸又甜的忧伤，缠绕着我灵魂深处的那片云朵。

我把这个故事讲给城里的一个朋友，他说：“真是不可思议，这是真的吗？”城里人无法想象会有这样的事情，更不可能感受冰窟里的温暖，因为他从来没有待在那片草原的怀抱里，不可能感悟什么是故乡的爱。

后来，我从电影电视里看到，在地球的北极，也生活着一群人，他们用冰块“焊”出来的临时“帐篷”，不但可以居住、点灯、做饭，还在那里生儿育女，繁衍子孙后代。我不由得想到，我的祖辈也曾经历过类似的生存考验，那场景就像影视画面一样，一一浮现在我的眼前。不说远古的人类，就从20世纪初过来的那些白发老人们，都亲身经历过冰窟里的温暖，那种历史离我们这一代人并不遥远。他们在那个兵荒马乱的年代，那些寒冷入骨的季节，以同样的毅力和耐力，顽强地活着，熬过了艰难的岁月，有幸走到新社会，享受幸福安康的新生活。

每次踏上老家戈壁草原的这片热土，我的心里总是升腾着无限的敬畏之心。它的每棵草、每滴水、每粒细土里蕴含着的生命基因和元素，一直向我们放射着金色的光辉。

祁万强

遗留在圣湖之南的蒙古元素

阿家堡：蒙古人遗落的村庄

祁万强，男，蒙古族，青海人。大学毕业后一直在西海都市报社工作，从事基层新闻采访报道。曾赴汶川地震灾区采访，被中国红十字会授予抗震救灾优秀志愿者荣誉称号。曾代表全国青年媒体，赴日本考察学习。新闻稿件多次获得国家级和省级奖项。同时，在文学方面也多有涉猎，作品散见于省内外报刊。

遗留在圣湖之南的蒙古元素

海南藏族自治州地处青藏高原东北隅，青海省东部，著名的青海湖之南，素有“海藏通衢”之称。这里分为三大地貌类型：山地、高台滩地、河湖谷地。远在7000年前，这里就有了人类活动的遗迹，曾出土过我国第一面七角星纹镜，还有闻名世界的宗日舞蹈彩盆，这些都是有力的佐证。

缘何，这里有如此震撼的发现？

其实不难想象，黄河流经海南州五县总长411公里。历史上著名的“羌中道”“丝绸之路”“唐蕃古道”都曾穿境而过，其地理位置的重要性不言而喻。

就在这片神奇的土地上生活的蒙古族，遗留了诸多的蒙古元素，从而为灿烂的高原民族文化增添了浓墨重彩的一笔。

1

青海是一个多民族的省份，许多地名就是以民族语言命名的。地名是一种语言符号，它借助语言中的一个词或词组来表示一个地理部位。地名本身的意义可以形象地反映地点的面貌特征、历史文化、宗教色彩等内容。

据史料记载，蒙古族最早于公元 1226 年成吉思汗自中亚回军驻扎河西走廊，次年灭西夏，占河湟，才进入青海的。后来，曾有几次大批蒙古人入居，特别是到了崇祯九年（1636 年），固始汗率部由今乌鲁木齐进据青海之后，在青海的蒙古族已达 20 余万人之多，蒙古族几乎遍布青海各地，这从至今留下的蒙古语地名的分布状况就可以得到说明。

在海南州地区，很多地名都是以蒙古语来命名的，是值得我们研究的一份珍宝。

从西宁市出发向日月山方向西行，过往司机都会选择在湟源县的小高陵一带吃饭、修车、补充给养。其实，这一地名就是典型的蒙古语。蒙古人称高勒，意为河流。所谓小高陵和大高陵当中的“大”“小”都是汉语。

在日月山脚下，有一个名为莫多吉的小村子，这也是一个典型的蒙古语地名。“莫多吉”，是蒙古语“莫德青”的变音，“木匠”的意思。据说，因明朝时内地很多木匠被发配到了这个地方而得名，从而也可以俗称为“木匠村”。

虽然这两处地点不属于今天的海南州行政区域，但是从这个地名遗迹不难看出，蒙古人在青海湖周边的活动范围非常之广。

翻过日月山后，就到了共和县倒淌河镇。倒淌河地区在清代时被称为“乌兰布拉格”，意为“红色的泉水”。今天倒淌河那个山口朝西的地方,这里流过的河蒙古语叫“盖得尔革”。“盖得尔革”就是汉语“倒淌”的意思。

来到海南，恰卜恰是不得不说的一个地名。

据《海南州志》记载,“恰卜恰”系蒙古语，意为“切开的崖坎”。根据地方史学者考证，恰卜恰上源有两条河，东面的一条当地藏族叫曲乃亥（黑水），西面的一条叫曲尕日（白水），两水相会于今天沟后大坝北约 2 公里处。恰卜恰河东岸有一个村子，名为“索吉亥”，藏语意为“刀砍的”。恰卜恰和索吉亥为同义词，指的都是具有同一特征的地形。

原来，紧贴恰卜恰河东岸有一条狭长的丘陵，自隆宝赛什乾山（青海南山）蜿蜒南伸，长数公里，这条像巨龙一样的丘陵，在索吉亥村附近被拦腰切断，形成了两个峭直壁立的剖面，南北相距30余米，中间是一条平坦的通道。对这一地形，蒙古语称之为“恰卜恰”，藏语称为“索吉亥”。

如今，恰卜恰河在索吉亥村或加拉村以上称沟后河，自加拉村以下称恰卜恰河，另外沟后水库一带称恰卜恰沟后，沟后以下的加拉、索吉亥一带的小块农业区，称为“恰卜恰绒”，都和“恰卜恰”这一名称有关。

民族语言地名不仅仅是语言问题，它反映的是民族的历史和民族的思维方式，以及联想方式和观察事物的特点等，具有极强的民族性。

比如说，江西沟，蒙古语称“江斯腾”，意为“红缨帽子”，指当地蒙古族的服饰；黑马河，清代时蒙古语称“喀拉莫仁”，意为“黑马”；“石乃亥”，蒙古语称“希那合”，意为“汤勺”，比喻那一带的地形似汤勺。

海南州作为一个多民族聚集的地区，在长期交往的过程中，地名也发生了很大的融合。最多见的是以藏语和蒙古语构成的，或汉语、藏语和蒙古语构成的。汉语与民族语言混合构成的地名，一般是在民族语地名前加上一个起限定或修饰作用的汉语语素构成。最为常见的是为了避免异地重名，而在民族语地名前以汉语方位词冠之。如恰卜恰镇的上塔迈、下塔迈的命名就是这样。

在海南地区还有很多蒙古语的地名，无法一一列举。从这些各种语言融合的地名中不难看出，在历史的发展中，青海文化造就了风格迥异的人文景观和绚丽多彩的诸多亚文化。而且，始终以宽大的胸怀和开放的姿态，进行情感和文化上的交流和认同，体现着中华民族兼容并蓄的特点。

无疑，历史文化是一个地区社会的文明财富和底蕴、社会和谐的基石、生存与发展的灵魂。

2

曾经威名远扬的蒙古铁骑随着元朝的灭亡，势力不可避免地衰退，进入了百年割据时期。之后，异军突起的俺答汗突破重重困难，不仅和与蒙古势力长期对峙的明朝实现了“隆庆和议”，而且与藏传佛教格鲁派的领袖会见于仰华寺。自此，蒙藏关系进入了一个新的纪元。

在明代蒙藏关系史上曾经起过重要纽带作用的仰华寺，是一座修建于明万历年间的藏传佛教寺院。《明史·鞑靼传》记载：“俺答者佞佛，复请于海南建寺，诏赐寺额‘仰华’。”

这座至今还没有被学术界确切定位的百年古刹，究竟藏身何处?

仰华寺遗址，学术界有青海湖西伏俟城故地，也有共和县新寺原址等各种说法。

已经故去的秦裕江先生，曾在海南地区工作多年。治学严谨的他，根据《安多政教史》中“在恰卜察修建恰卜察大乘法轮洲寺”及日本学者若松宽《西宁东科尔呼图克图的事迹》中“……他到了恰普遮的德克钦林，接受了具足戒和许多法语”等有关文献记载,指出“恰卜察”“恰普遮”可能就是指今天的恰卜恰。“恰卜察大乘法轮洲寺”，就是所谓的仰华寺。

《共和县志》记载：加拉上古城位于恰卜恰加拉村北，古城东西宽 211 米，南北长 231 米，开东门一处，残墙高 2 米,宽 3.5 米,古城考古断代为明代。在秦裕江先生看来，这座所谓的古城，实际上是一座被焚毁的寺院遗址，很可能就是明万历三年（1575 年）修建,万历十九年（1591 年）毁于兵焚的仰华寺。

笔者曾多次前往加拉村实地走访，这个地方离恰卜恰镇并不远。虽然遗址已经被荒草覆盖，但基础依旧能看清楚。各种不同形状的巨石散落在草丛中，还有一些残破瓦砾，一看便是年代久远之物。

站在遗址旁，昔日的辉煌已经不再。放眼望去，残存的地基、石阶，明显高于其他地方，也较为平整。从这些特点不难看出，曾经这里的建筑物的规模还是比较大。在离遗址北面的几百米处，还残存有两处佛塔的基座，基座是用砖砌起来的。有人还在遗址上发现了一个巨大的石臼，这个石臼或许是把青稞加工成糌粑的器物，或许是寺院僧人制作藏药的工具。

当地的藏族群众将这个地方称为垮娘，意为古城。每年农历五月初五，村里以及镇上的居民会来此祭祀，还有一些如唱歌、跳舞、射箭比赛等群众喜闻乐见的文化活动。

据说，青海解放初期，这里的围墙形迹还隐约可见。在 20 世纪五六十年代，村民们在遗址上修建涝池时，曾挖出过灰烬、木炭、人骨、柱石、大量残缺不全的小泥菩萨，有的小泥菩萨甚至刷有金粉，以及一口直径约 50 厘米，已残缺的寺钟。同时，还有人曾在遗址上挖出过金刚杵、法铃、净水碗、刻有藏文经文的石板等物件，以及整架人骨，骨架特别长、大，骨骼已被烧成黄褐色。

如果说，我们将这个地方推断为史料中的仰华寺，那么还得要从明代蒙古人进入青海的历史说起。

俺答汗是明代时期蒙古中继达延汗之后，又一位杰出的历史人物，是当时右翼土默特部的首领。进军青海后，俺答汗所在部族逐渐壮大和强盛，明朝政府为了缓和双方关系，封俺答汗为“顺义王”。

就在此时，格鲁派领袖、哲蚌寺赤巴（住持）索南嘉措已与活动于青海地区的蒙古信徒接触，决心传教于蒙古，他的舅父阿兴喇嘛于1571年前往青海蒙古地区传教，与俺答汗会晤，灌输藏传佛教教义，并引用元世祖忽必烈会见八思巴的故事，努力说服俺答汗皈依佛教并与索南嘉措会晤。于是，俺答汗三次遣使联络索南嘉措，请他传教于蒙古，并酝酿在汉、蒙古、藏三族交界的察卜齐雅勒（恰卜恰）之地修建寺庙，作为迎接索南嘉措的准备。

一次历史性的会晤即将要发生了，蒙古人开始了会晤前的一系列准备工作。其中，最重要的一项便是在青海湖南岸附近修建寺刹，为会晤场所和朝拜之用。

这个重担，就落在了当时驻扎在青海湖的俺答汗部族丙兔和宾兔的肩上。

仰华寺的动工大概始于万历三年初（1575年）。《万历武功录·克臭列传》中有记载：“明年（万历三年）三月，克臭乃佐宾兔复请建寺且开市。”《明神宗实录》卷四十一，万历三年八月戊寅条记载："先是虏酋切尽黄台吉等乞于西海地方及嘉峪关外盖寺焚修，事下川陕三省督抚勘议。礼部覆议：各虏已采木兴工，而责其改造于五王城，势既不能，不若因而许之，以鼓其修善而杜其嘉峪关外之请。"

可见，寺庙的修建过程中召集了许多汉族能工巧匠参加，明朝政府也曾"助之物料"。

到了明万历五年（1577 年），寺庙建成后，俺答汗便向明朝政府乞请寺额。朝廷便赐名"仰华寺"，藏语全名为"恰卜察大乘法轮寺"。

笔者查阅《安多政教史》后发现，此书中对于仰华寺建成后的景观有这样的描述：在佛殿中供奉三世诸佛、圣喇嘛（宗喀巴）及圣者（三世达赖）的塑像；左右及前方则为大威德殿、观音殿等，均为十六根柱子的大殿；各殿之间，又有菩萨殿、夜叉殿二处，皆饰以白琉璃、经幡等；前方之左右两旁建有小寝宫——光明宫及乐宫，所有屋脊等装饰，均采用汉式，寺外绕以三重围墙。

很显然，这是一座规模可观的汉藏风格结合的大寺庙。仰华寺的建成，为索南嘉措的到来做好了前期的准备。

明万历五年（1577 年），索南嘉措自哲蚌寺起身前来。青海地区蒙古方面，先后派三批使者在途中迎候。

据《安多政教史》的记载：土虎年（1578年，万历六年，戊寅）圣者驾临，大众在阿里克地方（今青海兴海县境内）迎接。初次往迎者，乃永谢卜之巴尔郭台吉（即巴尔户）、哈坦巴图尔、土默特之玛哈沁巴克什等为首的八百人。当他们来到时，圣者略示神变，用食指指水，水皆逆流，众皆虔诚信奉。第二批往迎者，为鄂尔多斯王族色青黄台吉（即彻辰洪台吉），土默特达延诺颜为首三千骑士。黄台吉曾亲见圣四臂观音云。第三批往迎者，为卓理克台吉、青把图尔等。

1578年5月26日，俺答汗和索南嘉措在仰华寺举行了蒙藏关系史上具有深远意义的会晤。会晤的结果，确定了双方的"供施关系"，右翼蒙古与格鲁派从此建立了长达六十余年的联盟。之后，格鲁派开始在蒙古地区广泛传播，势力得到进一步发展。

仰华寺的建立和双方联盟关系的确立，使青海地区成为联络格鲁派与蒙古族的纽带，成为西藏佛教及文化向东方蒙古地区弘扬的中介和窗口。仰华寺不仅仅给青海丙兔为首的蒙古部落提供了宗教活动的场所，而且是右翼蒙古与格鲁派联盟的一种象征。

另一方面，仰华寺的建立也意味着右翼蒙古部落在青海立足更加稳固了，奠定了他们在青海的不拔之基。可以肯定地说，俺答汗时期重新恢复了元亡后蒙古与西藏间被隔断了的联系和交往，特别是在右翼蒙古与西藏佛教格鲁派之间建立了联盟关系，并且使格鲁派广泛地传播于青海蒙古地区。

这是俺答汗时期，蒙古与格鲁派建立联系，频繁交往，兴建格鲁派寺院，成为俺答汗时期右翼蒙古在青海活动的一个重要方面和显著特点。此后，以青海湖为中心的草原地区成为蒙古人活动的又一中心。

3

如果说，俺答汗时期是黄金家族领导下的右翼蒙古在青海的经略、立足与初步发展阶段的话，明万历十年（1582年）以后，就迎来了大发展的历史时刻。因为在这个时期，由于蒙古在青海人口的不断增加，便开始逐步向青海东南部的黄河河曲地区发展和扩张势力，建立新的生产生活基地。

在这一时期，首先向河曲地区开拓的就是俺答汗的儿子丙兔。他所率领的部族在莽剌川驻扎下来，开始经营这一片土地。莽剌川以西、以北都是黄河。川东北方向、黄河南岸就是今天的贵德县。莽剌川以东，就迫近明朝防务极其单薄的河州和洮河地区。这一川地自然条件非常良好，在水源丰盛的辽阔草原上，特别有利于畜牧业经济的大发展。丙兔去世后，他的儿子真相继续占据莽剌川，伙同火落赤日益壮大，莽剌川因此闻名于当时。

莽剌川，就是今天贵南县的茫拉河区域。这是一条河曲地区不大的河流，是黄河在青海东部的一级支流，发源于青海东部黄南山地西麓泽库与贵南两县交界的甘强。上游段称茫曲，大致呈东南至西北流向，经贵南县驻地茫拉琼托，故而称茫拉河。中游地带依旧是今天贵南县重要的农业区，这里曾经修建有吴堡湾农场，是重要的粮食生产基地。

说到茫拉河，不得不提及一下木格滩。

木格滩，西久公路旁一个并不显眼的荒滩。在青海，这样的戈壁随处可见。然而，当真正走进这里时，你会发现黄沙下竟然埋葬着许许多多的故事。

木格滩自古素有“沙州”之称,《魏书·吐谷浑传》记载：弟阿豺立，自号骠骑将军、沙州刺史。部内有黄沙，周回数百里，不生草木，因号沙州。

《宋书·鲜卑吐谷浑传》中将木格滩描述得更加具体：

其国西有黄沙，南北一百二十里，东西七十里，不生草木，沙州因此为号。

《通鉴·晋纪》三十六，胡三省注中引段国《沙洲记》云：浇河郡西南一百七十里有黄沙，南北一百二十里，东西七十里，西极大杨川，望之若人委糟糠于地，不生草木，荡然黄沙，周回数百里。

晋朝的时候，今天的贵南属浇河郡管辖，治贵德。所以，根据上面地理位置的记载，就是今天的木格滩所在地了。

可见，木格滩的沙漠化由来已久。东汉时，就"擎沙如水逐风流"，以后经历各朝代，沙漠化的程度日趋严重。

从历史文献的记载中，木格滩的身世渐渐明朗。可是，缘何被称为"木格滩"，这样一个称谓，究竟是何意？

很多学者认为，木格滩是藏语，意为"灾难滩"，多沙、缺水。

著名学者李文实先生在《西陲古地与羌藏文化》一书中论述：慕贺、莫贺、穆格同音异译，都是沙州的本名。"穆格"是饥馑荒灾之意，可引申为荒漠。这与《沙洲记》中"不生草木，荡然黄沙"是相应的。"穆格"则是吐谷浑原语，与今天的藏语相差不远，可能与古西羌语也有一定的联系。汉语称之为穆格滩，以后逐渐演变，便称之为木格滩了。

时光远去，今天沙化的木格滩迎来了绿色的希望。三江源生态保护和建设工程的启动，包括海南州共和县在内的几个县被纳入三江源项目。长期受制于项目和资金困扰的共和县塔拉滩荒漠化治理、贵南县木格滩沙漠化治理等，都因被纳入三江源二期工程总体规划而迎来了新的机遇。

在木格滩沙化治理中，贵南当地干部群众没少下功夫，依托“三北”防护林工程、退耕还林工程、天然林保护工程、防沙治沙工程、青海湖流域周边地区生态环境综合治理等林业生态建设重点项目，大家采取“乔、灌、草结合，封、造、管并举”的治理措施，在沙化重点地区大力实施人工造林、封山育林、设置沙障等项目，用汗水浇灌出了一片片绿洲。如今，局部地区沙化趋势得到有效控制，沙漠周边草场得到恢复，风沙天气明显减少。

4

青海有着悠久的文化和历史，也为文人墨客所吟咏。这片美丽的土地，在古老的羌藏文化的基础上，不断吸收、融合了黄河流域、长江流域的农耕文化，融入了青藏高原、河套地区的草原文化，还吸收了从丝绸之路传来的西域文化，形成了深厚的文化积淀。

在这种文化和历史的渲染下，青海大地上处处留下了岁月的痕迹。遗留在崇山峻岭和草原深处的古城堡，用它们残存的身躯诉说着草原帝国曾经的辉煌和强盛。它们像一颗耀眼的星，照亮了高原，温暖了家园。

从共和县切吉乡人民政府所在地向西南方向行进 20 多公里后，道路旁有一处明显的古城遗迹。伫立在萋萋荒草之中的古城，让人很难想象这里曾经是一派怎样繁荣的景象。

站在残缺的城墙上，依旧能看到古城的规模。城内西、北两个方位还各另有一堵城墙，可以推测古城应有内外城之分。寒风吹过，耳边依稀听到王昌龄那首《从军行》:“烽火城西百尺楼，黄昏独上海风秋。更吹羌笛关山月，无那金闺万里愁。”

考古人员对这座古城考察时，惊奇地发现了一些蒙古元素。

古城遗址整体呈“日”字形，它的南侧靠西有一墙体将城分为大小两城。南墙长 180 米，东墙长 347 米。内部小城北墙长约 138 米，西墙长 154 米。西墙外围为农田，西南部沿外围一圈修有水渠，南部有一折角内城墙。墙体倒塌严重，残存部分断断续续。

考古人员对这一古城深入发掘后发现，古城明显分为两期，一期以青花瓷为主，少量带有蒙古文，年代较晚。一期以建筑构建为主，有大量带手印砖、兽面瓦当等残件，年代较早。东侧一段墙体由砂石和土分层夯筑，砂石一层土一层，厚度均在 10 厘米左右，这一建筑现象也较为特殊。

从考古人员的这些发掘报告中能否推测——这一古城也许曾经留有蒙古人的生活印记，他们在这里经历了怎样的故事，在历史的长河中早已经无法追寻了。

跳出这一古城，俯瞰海南大地的文化蓝图，你就会得到几个关键词:“一道”“一线”“一湖”“一山”“一河”“一城”“一文化”，这些字眼构成了它的主体。

“一道”是唐蕃古道，这是一道历史符号，更是一道文化符号，这道符号让海南有了沉甸甸的厚重感，也有了一种迷人的神韵；

“一线”是丝绸之路南路，那些栉风沐雨的僧侣和商贾，曾在这里停下疲惫的脚步，海南的风和太阳，无私地温暖着他们的身心；

“一湖”就是青海湖，它如明镜，亿万年来照亮我们的心灵，它的端庄和圣洁，让海南有了一种妩媚，有了一种自信、练达和洒脱；

“一山”是日月山，这是黄土高原和青藏高原的界山，也是抚慰过文成公主的慈悲之山，它在古代被称为赤岭，“赤”是红色，一片丹心，一片赤诚；

“一城”是已被历史的风霜雨雪剥蚀得面目有些模糊的吐谷浑工城伏俟城，1400 多年前，它是中西贸易线上的重要枢纽，伏俟城经历了往古岁月，注视过渺渺河山；

“一文化”是宗日文化，文化总是让人联想到沉淀、积累和繁衍，神秘的宗日文化，更有它的独特性和鲜明的地域性。

让我们再次跳出这一文化圈，俯瞰青海文化，你会发现青海是中华多元一体文化的“缩影”。

无疑，青海文化呈现出多元的格局，从不同的角度可分为若干文化，如汉文化、蒙古族文化等等。在文化交往中各文化团体相互渗透，形成你中有我、我中有你而又相对独立的文化集团。青海文化中的任何一极文化，都受到汉文化的影响；而汉文化又离不开少数民族文化，二者相融互渗、取长补短、密不可分。

今天，从遗留在圣湖之南的这些蒙古元素中，我们不难看出，蒙古族这个以游牧生产方式为基础文化形态的马背民族，在历史的长河中创造了辉煌灿烂的草原文化。

蒙古族文化，更是这一文化的主体，是中国当代文化的有机组成部分，也是中华文明长期保持多元内在气质所必需的重要物质和精神财富之一。

昆仑山掠来的劲风，吹去了历史云烟。仰望青海的夜空，星光依旧浩瀚灿烂。海南草原的大气和雄浑，让人久久回味。圣湖之南的神秘和神奇，让人魂牵梦绕……

阿家堡：蒙古人遗落的村庄

地处青海省东部河湟谷地、祁连山南麓、湟水河上游北川河流域的大通回族土族自治县，是青藏高原和黄土高原的过渡地带。在县城著名景点老爷山附近的朔北藏族乡，有一个具有典型蒙古元素的村子——阿家堡村。

很多学者认为，阿姓源自蒙古族，大部分在青海省境内。阿姓本来生活在内蒙古草原，后辗转迁至宁夏、南京等地，最终于明万历年间随柴国柱总兵，迁到了今天大通县区域的西宁卫境内。

据有关史料记载，阿氏两个兄弟为柴总兵负责管理马匹粮草等物资。为了军事安全的需要，两人分开驻扎。一个在今天的柴家堡村附近，而另一个在今天的阿家堡村一带。以至于后来逐渐繁衍生息，形成了各自的村落不说，阿姓族人还不断走了出去，在青海的各地慢慢生存了下来。

1985 年，国务院人口普查领导小组、公安部、国家民族事务委员会联合发文，阿家堡村的阿姓村民更改为蒙古族。

从地名上来看，阿家堡就是一处军事基地。堡（bǎo），通常指军事上防守用的建筑物。比如：堡垒、地堡、城堡等。但在地名中来说，此处一般读堡（bǔ），指有城墙的村镇，泛指村庄。

我从事多年基层采访报道工作，曾在这个蒙古人遗落的村庄中走访调查。虽然已经过去多年，但永远无法忘记。

在翻阅发黄的剪贴簿时，突然看到《阿氏土楼藏身山村百余年》一文。其中的文字并不优美，只是一些纪实性的内容罢了。然而，阅读之后让我再次回想风烛残年的阿氏土楼百余年来默然屹立，心头却是感慨万分。它如同一位母亲，孕育生命、播撒爱心，却不求任何回报。

任何一次经历，都会给每个人留下不同的记忆，或好或坏、或轻或重。就拿阿家堡村那座残存的小土楼来说，一副对联永远镌刻在了我的脑海深处。因为，这是关于母亲和游子最真情的呼唤。

那年，在阿家堡村无意中看到村子里即将坍塌的一栋土楼时，我就被它深深地吸引了。它如同一位风烛残年的老人，满面沧桑。可是，处在现代建筑群中的它，依然高高耸立在村子中央。走近土楼，会发现它比想象中高许多，围墙底部用石头筑起的部分有半人高，石墙上用黄土夯实。由于年久失修，院落中的有些围墙已经坍塌，从横截面看，围墙足有 50 多厘米厚。

我们想进院中看看，可是铁将军把门。询问邻居后才知道，这家人外出务工了，这里已经很长时间没人居住了。在邻居的帮助下，我们从坍塌的院墙边上翻进了大院，院子里荒草满园。土楼正对的花园中，一株青海当地比较罕见的毛竹长得却很茂盛。

“门对千竿竹，家藏万卷书。”我的脑海中突然出现了这样一首诗句。以前，会识文断字的人家，都喜欢在家中种植一些竹子以示书香门第。由此能否推断，阿氏土楼的主人不仅能识字，或许还有一官半职？

当我们走进残破的土楼后，找到了以上推断的证据。

推开虚掩着的一楼大门便是堂屋了。堂屋是旧式民居的起居活动空间，一般设计在房屋中间，又称客堂。因为平时敞开，有的地区又称明间（卧室则称暗间）。现在的新式民居建筑则与传统的堂屋差别较大，一般称客厅，或者简称厅。堂屋正中的书画已经不见了踪影，但曾经悬挂的痕迹在墙壁上依旧存在。一张油漆斑驳的木柜静静地放置在那里，这里常常是家人用来摆放神龛和祖先神位的地方，此时却只有一本发黄的老相册散落在尘土中，擦去上面的灰尘，照片中的人物虽然穿着旧式，但一看便知是那个时代的大户人家。坐在椅子上的两位长者身旁站立着两男一女，估计是土楼先前的主人。

堂屋一侧有个小木门，里面则是卧室。在宽大平整的石板土炕上，零散地放着一些炕柜，上面画的人物栩栩如生，线条优美。柜子上仅剩着几个铜制门扣，一看便知是出自高水平的铜匠之手。

一楼门廊的左侧有一个木质楼梯，爬上二楼便是土楼的第二层了。阳光充沛、光线极好。然而由于年久失修，这个曾经的卧室此时成了鸟兽的家园。站在楼上，我们手扶着残缺不全的木质栏杆，整个村子一览无余。这里也许是土楼主人曾饮茶读书的地方，也许曾是观察瞭望的哨所，也许是父母思念儿女的落泪处……但是，一切均被雨打风吹去，时间将这一切淡忘。

走下楼梯，回到院落，我们重新审视这位历史老人。在一楼正门的立柱上看到了这样一副残缺不全的对联。红色的对联纸已变成了白色，黑色的墨迹也在阳光的照射下变得模糊不清。然而，可能是长时间无人居住，且很少有外人在院落中走动的缘故吧，这一副对联还依稀可辨：

慈母望儿倚门倚闾

游子思亲陟岵陟屺

这一副对联，立刻让这座沉睡在山村的土楼意义为之升华。虽然，我们无法得知阿氏土楼的主人究竟经历了怎样的历史变迁。但是，这里绝对有我们无法想象的亲情故事。虽然平凡，但真实得让人震撼。如果你有异议，那请仔细品鉴这副对联吧。

闾（lǘ），指里巷的大门，倚闾而望。知道了这一个字的意思，“慈母望儿倚门倚闾”这一上联也许可以这样来理解：慈祥的母亲靠在门口望着远方思念着孩子，可村口迟迟不见子女回乡的身影。她再一次失望地走回家中时，突然又在里巷的门旁停了下来，依靠在门闾边，再次回望远在他乡的孩子。

陟（zhì），释义为登高、登山。陟岵，登岵山，比喻思念父亲；陟屺，登屺山，比喻思念母亲。岵（hù）意为多草木的山；屺（qǐ）意为没有草木的山。明白了这些字的含义，“游子思亲陟岵陟屺”这一下联的意义也就不言而喻了：母亲在思念孩子的同时，远在异乡的游子登上高山也万分想念家人，不知道老人身体是否安康，渴望回家团圆。

这一副对联演绎人间亲情和呼唤爱的真谛，震撼心灵。尤其是在面对这样一个场景时，更让人伤心欲绝。也许，老人离开这个世界也没有等到孩儿的归来。空荡荡的土楼渐渐废弃，直到今天的破败不堪……

才学疏浅的我多年来一直在求教古诗词专家，希望能给这一副对联配写横批，但大多数都是皱眉或摇头，偶尔配的横批也是大不尽如人意。同样，留给我的是无尽的遗憾！

友人说：“许多事情总是想象比现实更美，相逢如是，离别也如此。有过遗憾的人，必定是感觉到深切的痛苦的人，这样的人也必定真实地活过，付出过最真的心，用自己的行动演绎过至真至纯的情感，令人心动和感慨。”

在这样的遗憾中，我突然有了这样的疑问：这个蒙古人曾经生活的村庄里，缘何遗存了更多中国传统文化的元素呢？

如果了解了蒙古族在青海的生活轨迹，这一问题也就迎刃而解了。

离开了逐水草而居的游牧生活场所后，阿姓蒙古人开始在小块农业区从事农业生产，与当地不同的民族相互交流、相互融合，生活习惯逐步得到改变。尤其接纳了先进的农耕文化，大力发展生产力，从而战胜严酷的自然环境，改进自我的生活方式。故而，今天的阿氏土楼才遗留了这么多传统文化的元素吧。

可可西里

游动的苍茫大地

可可西里，又名照日格，男，蒙古族，现任海西州作家协会名誉主席，《花的柴达木》杂志主编、编审。个人专著有《穹庐晚照》《失落的草原》《最后的高原》，以及《德都蒙古文学研究》等。部分作品选入《二十世纪中国蒙古文文学期刊精品大全》（蒙古文）、《新时期少数民族文学作品选集》（汉文）、《中国蒙古族当代诗歌选》（英文版、汉文版）等十几种文学选集中。曾荣获省内外文学奖项二十多次。

游动的苍茫大地

1

每天，家乡的太阳，总是用那明灿灿的光芒，照射着山脚下蒙古包的废址。

无垠的旷野深处，闪动着淡淡的蜃气，仿佛一层层浅灰色的波浪。

春夏之交，几头带犊儿的乳牛，拂晓时奔向草场，傍晚又哞哞地叫着归来，时而闻一闻被遗弃的牛皮，时而啃一啃丢在草丛边的骨头棒子。

顽皮的小牛犊儿，不知何时闯进了毡包，撞一撞木桶里的酸奶，或尝一尝铁锅里的鲜乳，惹得女人和小孩子们大呼小叫。

吊腰多日的骏马，望见山坡下奔腾而过的马群，不由得想念起同伴，引颈长嘶，扯断系绳，如离弦之箭疾驰而去。

几个喝茶歇脚的青年，只好冲出毡包，跨上坐骑，扬鞭追赶。

2

寻着袅袅升起的炊烟，山那边来人了。

因为是久别重逢的朋友，主人拿出珍藏多年的老酒，款待客人。

他们一边尽情谈论着畜群、草场、年景，一边开怀畅饮。喝着喝着，就喝醉了。

于是为了一片草场或一口水井的事，争得面红耳赤，甚至互相揪住脖领，摆开一决雌雄的架势。

女人和孩子们见势不妙，如同决堤的洪水，惶惶夺门而逃。

拴在车辕下的母狗，依然狂吠着；

从睡梦中惊醒的婴儿，仍旧啼哭着；

朋友之间的争吵，旁若无人地持续着，又莫名其妙地平息了。

他们就这样，经常来往，无所不谈，他们永远是好朋友。

3

勤劳的女人们，清早等男人赶着畜群出牧后，才能喝上几碗热茶，然后顶着烈日投入一天紧张的劳作。

男人们寻着篝火，打老远赶着畜群，怀着喜悦的心情，回到各自的毡包。

女人们偎在丈夫的怀里，甜甜地入睡。

梦乡里，孩儿们是那样活泼可爱，茁壮成长。

畜群是那样撒满绿野，膘肥体壮。

身强力壮的青年男女，最喜欢在力气活儿中一显身手。

他们迎着朝阳出发，披着晚霞收工，在墨绿色的草的海洋里，劈风斩浪，你追我赶，一干就是一天。

齐腰深的草海里，不时传出姑娘们欢快的笑声。

唯有烧茶做饭的火头军备感孤独和寂寞，心中总是火烧火燎。

4

哗哗下起雨来。

毡包的顶毡和围毡全淋了个透，脚底下也淌着雨水，仿佛雨帘从天穹一直挂到地面。

从远处的山梁、辽阔的草滩，到近处的畜群，甚至衣帽鞋袜，全都是雨。

山口处，忽然一道闪电划破长空，宛如天公劈下的一柄长剑。

随着几度电闪雷鸣，降雨的乌云被劈斩成无数个碎片，转眼间又被一阵山风驱赶到南山坡下。

云开处，太阳又露出灿烂的笑脸，湖面上立时升出一道七色彩虹。

马儿嘶鸣，牛羊欢叫。

山川旷野变得格外晴朗，绿草翠林更显得娇艳妖娆。

5

金色的晚秋，微雪已纷纷扬扬从天而降，然而一遇秋雨，又很不情愿地消融了。

经常迁徙游动的那几座蒙古包，随时都会丢下一片发黑的废址，来到另一块水草丰美的新地安家。

而新的营地，一定有一条河流，翻着白浪，哗哗哗奔流不息。

这几家牧户，相依为命，形影不离，时常牵着驼队，出现在天际。

看家狗们似乎闻到了远处秋营地的气息，学着驼队，也排成一列纵队，抄着近道，一路小跑。

一群群膘肥体壮的牛羊，告别绿草如茵的夏营地，迎着微寒的秋风，不紧不慢地撤向新牧场。

6

一群青年人，冒着严寒，骑着眉眼鼻唇挂着冰霜的骆驼，与清晨那苍白的太阳一同启程，到夜晚则清点着天空中闪烁的星辰。

他们一路欢歌笑语，穿过冰封的河流，越过皑皑的雪山。

只有情谊深，天涯若比邻。

祖辈父辈们过去怎样走动，他们这一代晚辈如今也怎样来往，从不间断。

《雪山顶上》《白柳滩》《辽阔的草原》……一曲曲抒情的家乡长调歌声，飞出青年人的歌喉，在山谷中、原野上久久飘荡着。

只因故乡的草原辽阔无边，才容得下那么多优美的长调民歌；

只因祖辈父辈的情深义重，这些动听的歌声才传到他们这一代还如此嘹亮，经久不衰。

7

遥远的太阳，抑制不住对故乡的思念之情，一天比一天来得早。

它用温暖的光芒深情地吻着金色的牧场和蜿蜒的小径。

甜睡两三个月的察干湖，也在春天的门外徘徊，一块块巨大的浮冰，擦着齐人高的芦苇，闪着白光缓缓流动。

白雪覆盖的喀尔喀山和察干山，宛如一对永远饱满的乳峰，巍巍耸立，即便在青黄不接的初春，山脚下总少不了成群的牛羊和一排排毡包。

它们是这片土地的神圣偶像，永远燃烧着生命的火焰。

天边，几十只白天鹅，乘着故乡上空的清风，扇动着翅膀款款而来。

闻听天鹅啼鸣的哈吉尔河，敞开温暖的胸怀，掀起喜悦的波浪；

察干湖也睁大了明澈的眼睛，笑脸相迎远道而来的贵宾。

8

只有平静的湖水才能使候鸟安然，只有富饶的家乡才能让游牧老人心宽。

几千年来，蒙古人在这块神圣的土地上繁衍生息，世世代代把自己的命运和希望寄托在这里的一山一水、一草一木中。

这一块故土，送走了千千万万个白发阿爸和慈祥的额吉之后，又抚育着他们勤劳勇敢的子子孙孙。

只要这些子子孙孙们世世代代生活在这一块土地上，那么他们的故土，将永远是五畜兴旺、百业繁荣、生机勃勃、吉祥如意！

故土，对于主人，只有慷慨，而绝无半点吝惜。

它只怕主人越走越少，而绝不怕主人愈来愈多。

它对前来定居的人们敞开胸怀，热烈拥抱，对迁往他乡的人们又频频招手，难舍难分。

因而，这里的人们热爱自己的故土，而故土更加疼爱自己的主人。

世上只有嫌弃故土的主人，而绝无嫌弃主人的故土！

（张宝锁译）

乌·席勒

金子海寻访记

寻找汗青格勒的人们

记忆中的史诗：《汗青格勒》

乌·席勒，男，蒙古族，国家级非物质文化遗产保护名录那达慕省级代表性传承人，出版有国家级非遗名录《汗青格勒》、歌曲专辑《寻梦八百里瀚海》、摄影画册《海西那达慕》、青海蒙古族长调音乐都兰专辑《呼和苏里的骏马》、德令哈原创歌曲集《天边牧歌》、文集《情系柴达木》等。作品荣获全国“群星奖”、青海省摄影艺术展金奖等多个奖项。

金子海寻访记

金子海，像一块镶嵌在茫茫瀚海中的蓝宝石，在沙漠与绿洲之间，谱写了千年不朽的传奇故事。我曾寻访过五次。第一次是在1986年11月，我在乌兰县赛什克乡南柯柯村下乡采风时，听了那里的牧民讲述了有关金子海的传奇故事之后，便决定前往，去探索这片神奇的沙漠之眼。

金子海，坐落在乌兰县赛什克乡卜浪沟村的东北角。那天，我约了两位朋友当向导，我们一行三人，徒步进入这片由沼泽地、芦苇滩和沙丘组成的达楞图尔根滩。

从苏汗保木步行至金子海，大约十公里路程，一路上有戈壁、红柳滩、沙丘和沼泽地，这里栖息着我国珍贵禽鸟黑颈鹤、天鹅、锦鸡等。这是我有生以来第一次接触这些珍贵禽鸟。我们慢慢地接近黑颈鹤，有十来米时，看到黑颈鹤漫步于芦苇丛中，动物与自然和谐共存的画面让我感觉很亲切。当黑颈鹤舞着脚步展开翅膀时，体态轻盈如仙，很惹人喜爱。黑颈鹤是世界上 15 种鹤类中最稀有、最珍贵的一种，是青藏高原独有的珍禽，这个季节是黑颈鹤启程去南方越冬的时间，我很幸运能看到它。

一路上两位老师讲起了流传在这片草原上的达楞图尔根的传说：

在很早以前，有一位老额吉喂养着一头灰色母牛，斗转星移，随着岁月的流逝，老额吉的这头灰母牛，繁殖了七十头灰色母牛。有一天傍晚，老额吉正在挤牛奶时，突然，从阿拉腾布拉嘎泉内冲出一头玉角公水牛，与老额吉的七十头母牛斗角调情，老额吉心里很不安宁，便随手拿起一个额德仁（一种加工羊皮用的工具），向公水牛打去，突然公水牛吼叫一声，和老额吉的七十头母牛一起，冲进了阿拉腾布拉嘎泉中，消失得无影无踪，从此，这片水草丰美的地方就起名为“达楞图尔根”①。

故事讲完了，我们已经到了金子海东侧。金子海是一个面积不大的湖，有两万多平方米，西北面是一片沙丘，如

---

① 达楞图尔根：蒙古语。达楞，意为七十；图尔根，意为快速。指七十头牛突然失踪之意。

金戈铁马，冲向这片神奇的湖面。金子海，虽称为海，其实是一眼泉水，泉水向南流去，形成了清澈的苏里河；南边是一片沼泽，滩地植物繁茂，溪流众多，泉水涌流；东边是一片辽阔的草滩，牛羊成群，草木旺盛。我们绕着金子海转了一圈，北面的沙山上有一群岩羊奔跑着，像是刚刚饮完泉水，发现我们这些不速之客后，便返回北部沙丘腹地。

湖面上荡漾着粼粼碧波，成群的水鸟在一片碧绿中漫游，其中最引人注目的是那 12 只白天鹅，宛如洁白的珍珠，轻轻地漂浮于碧波连绵的湖面上。天鹅是候鸟，它与黑颈鹤不同的是，当斑头雁携儿带女南飞时，白天鹅却带着幼鸟来到这里，翌年的 2 月后飞往北方。

金子海，既不是海，也不是一个死湖，是一眼泉水，湖心一片墨绿，特别是从西面的沙漠边向下望去，湖底景观叫人惊讶，似乎回到了以前的原始森林，深不可测。金子海的东边是青铜时代的文化堆积层，有石器和诺木洪文化夹砂褐陶罐的残片，望着这些遗留下的文化堆积，我想起了流传于赛什克一带的民间传说：

据说，每年夏季的六月份，从阿拉腾布拉嘎泉内会出来一匹金马驹，在泉岸上打三个滚，嘶鸣三声后，像游鱼般的马群便在泉水中来回奔跑；每年冬季的三九寒天，会听到泉水冰层底下水牛吼叫，相互角斗的响声连绵不断，有时在泉水底下还能看到漫游着的一群群金羊。

成吉思汗及其后裔为首的蒙古贵族统治阶级在震撼世界的西征途中，遇见了独眼鹅脖的魔鬼。成吉思汗便用自己的圣箭射穿了嘎顺敖包[①]后打死了魔鬼，继续往前出征。他们在折磨了蒙古族牧民数年的茫茫沙漠里，赶了三天三夜的路程，没有喝上一滴水，也没有找到一根草，又饿又渴，面临生死存亡的关头。在这无可忍受的情况下，成吉思汗在一个高高的沙丘底下来回走了百步，挖了个小洞，在洞面上摆上自己的圣碗，然后燃起了火。不久，金碗里涌出了圣水，无数英勇将士和军马终于饮上了圣水，解除了疲劳，在离开此地出发时，为了表示纪念，成吉思汗把自己的圣碗埋藏在那穴洞里。

从此以后，那个埋藏的圣金碗里不断涌出圣水，形成了沙漠里一个美丽的湖，它那喷流不尽的泉水，灌溉着周围的荒原，终于变成了翡翠般的草原。常年忍受饥渴的人们把它当成无价之宝，永远爱惜着，在漫长的游牧岁月里，人们把这湖取名“阿拉腾布拉嘎”[②]。

---

① 嘎顺敖包：蒙古语，意为苦水之地的敖包。

② 阿拉腾布拉嘎：蒙古语，意为金泉，现在的金子海。

当我听完美丽的传说之后，又想起了母亲给我讲述的一段往事：那是在 20 世纪 40 年代，母亲一家游牧到了达楞图尔根，当时的达楞图尔根，骑着骆驼看不见前方的山，很茂盛地生长着红柳、白刺、芦苇丛等，常有狗熊等猛兽出没。而今，往日的风采不见，当年壮美的景观也已随着时间的流逝，形影无踪。

1987 年 6 月，我和省考古普查队的同志们再次踏上这片土地，寻找金子海古墓，我们又落脚于苏汗保木小学，因为这里方圆百里，都是茫茫戈壁，荒无人烟。第二天早晨，我们请来一位当地牧民当向导，从金子海西侧进入沙漠，寻找那座遗失在流沙群丘中的历史见证。

我们从金子海北侧绕过后，朝东北方向的沙丘中去寻找，翻过了一座又一座沙丘，经过数小时的步行寻觅，终于找到了那座古墓，它在距离金子海一公里的沙丘之中，遗憾的是，古墓已经被盗。因为这里的流动沙丘覆盖面积较大，总面积无法测定，而在被盗的古墓遗址上，有人骨、马骨、羊骨等，考古队还采集到了绿松石和铁剑残片等。

站在古墓遗址南边的沙丘上，向南望去，是一片水草丰美的马莲滩和沼泽地，似乎可以看见当年游牧于这片草原的壮美景观。经考证，古墓属元代墓葬。从地形和地理来分析，这里原来没有沙丘，和南面的马莲滩连成一片。北面的地形较高，生长有芨芨草，证明这里比较干燥，是游牧民定居的好地方。古墓的堆积层有一米多深，在墓葬上面有近代游牧民常住而形成的堆积层。从出土的铁剑残片来看，这里葬下的或许是一位战争中阵亡的将士。据说古墓内还出土过纯金马靴装饰物，现在已流入民间，无法找到原物。古墓内还陪葬战马和羊，可能是当时的一种葬俗。南面是达楞图尔根滩，西边是美丽的金子海，北面是沙丘和围绕的群山，东边当时应该是一片戈壁，现在流动的沙丘已经覆盖了此地。眼望着古墓遗痕，这流动的沙丘，这开满马兰花的马莲滩，我不由得想起第一次走向金子海时写下的一首小诗：

一个远古的梦
淡淡的，朦朦胧胧
栖身在记忆的港湾
流传了很久，很久
在金色的沙丘中
一位含羞的少女
眷恋着天际的大海

荒凉的沙丘
美丽的苏汗保木
因为有了你
才有如此顽强的生命
那似曾有过
人们还没有忘却的记忆
永恒而难忘的神州

从那时起，只要有机会我就会来到金子海边，感受大自然鬼斧神工的魅力，享受大自然完美的搭配与造化。此次以后的金子海，永远流淌在我的心里。

金子海，宛如一首悠扬的古老民谣，在浩瀚的戈壁沙海中，伴随着驼铃声，伴随着群鸟掀起的涟漪，喷流着母乳般的甘泉，让栖息于那里的生命继续延伸着……

寻找汗青格勒的人们

——德都蒙古歌舞剧《归途·寻找汗青格勒》创作日志

《汗青格勒》是让我励志的史诗。1984年，在怀头他拉与著名汗青格勒史诗说唱艺人乌泽尔老人相遇，录制了完整的德都蒙古英雄史诗《汗青格勒》，听老人讲述了他和《汗青格勒》的故事。《汗青格勒》是德都蒙古文化遗产，我的很多困难就是在德都蒙古英雄史诗《汗青格勒》的精神感染下克服的……

2014年，海西建州60周年州庆期间，在休息间隙，有幸和州庆总导演周格特力加在一起，我们谈论德都蒙古文化发展的话题，谈起《汗青格勒》，谈起德都蒙古长调音乐，由于共同的理想和信念，我们决定做《汗青格勒》的歌舞剧。

州庆结束后，一晃时间就到了11月，我们的约定不能耽误，于是，在省会城市西宁构思创作《归途·寻找汗青格勒》歌舞剧。通过几番讨论，最终决定以歌舞剧的形式，将德都蒙古英雄史诗与民歌等民间艺术相融合，以现代舞蹈与德都蒙古史诗民歌相融合的方式来展现。在故事创作方面，通过到青海民族大学蒙古语言系图书室查阅资料等，最终在省演艺中心的创研室完成了歌舞剧的剧情章节与故事。基本框架完成时大家极度兴奋，因为故事首先激励了自己，剧中人物就是创作者本人的故事和心愿。

一部激励远离家乡的游子热爱自己民族优秀文化遗产的故事，激励着团队人员的心，似乎触及了灵魂的敏感点，我们都感悟到了一种责任、一个希望、一次洗礼……

接下来的工作有太多难点，舞蹈在长沙排练，民歌在德令哈排练，歌手和演员的选择成了一个难点，同时还面临着经费的问题，音乐、服装、道具、一切演出费用等等。我们两个人都没有钱，有的就是一颗炽热的心，只能用周格特力加当初说的“乌哥，我俩哪怕砸锅卖铁也要做起来”的话，勒紧裤腰带想办法往下进行。最初的计划是一定要在青海大剧院上演首场，可是青海大剧院的租金我们无法承受，后来便决定在长沙首演。

此时此刻，想起《汗青格勒》国家级传承人索克老人在 2013 年德都蒙古春节晚会上的一段话：“我小的时候双目失明，父母去世，是英雄史诗《汗青格勒》的精神鼓励着我走到了今天。”一想起索克老人的经历，我们还有什么困难不能克服，激励着自己鼓起勇气往前冲刺……

所有的民歌录制完成了，准备出发前遇上了人员问题——李特尔因为有香港演出不能去，我们只能寻找一个歌手来替补，最终歌手乔力孟来了。

时间、排练、人员基本定型，决定前往长沙排练、长沙首演。

德都蒙古文化不但要传承发展，更应该走进文化市场，不然传承发展依然面临濒危的可能，面临消失的境地，一次选择的对错不重要，重要的是努力走出去，迈出第一步再看成败。

中共德令哈市委宣传部、乌兰县文体广电局和文化馆都大力支持汗青格勒之行，我们才迈出了这次坚实的一步。

2015 年 1 月 3 日，寻梦的时刻开始了，我们开始寻找汗青格勒、寻找德都蒙古文化精髓、寻找我们失去的民族精神。文化是民族的灵魂，我们如果丢弃了自己的民族文化之魂，那么我们是谁？还能算德都蒙古人吗？多少提问在我的脑海里重复，多少想法都随汗青格勒之行开始涌动。

都兰县巴隆草原上的才仁也是热爱德都蒙古文化、深爱德都蒙古民歌艺术的主要演员，给她打电话的时候正赶上转牧场，那时已是深夜，手机听筒里还不时传来羊群的叫喊声，我心里非常了解他们有多忙，不但搬家转场，而且母羊开始产羔羊，他们要全力以赴接羔。又遇到她婆婆生病住院，来不了也情有可原。可是，我们的活动偏偏是在这个时期，真的难为她了！

才仁的位置不能随便改变，也没有时间来改变，该说什么？最终我只是把机票照片发彩信给她，没有写一个字，发完我也没有再打电话，真的没有勇气再打电话了。我们带着准备好的所有行囊与道具出发了，心却吊在胸口，心情非常沉重。突然手机信息声响了，这个信息会是一个什么消息？当我鼓起勇气打开信息，看到“我上车了”四个字时，感觉那时的心情根本没有办法表达，总的来说悬在胸口上的心放在了心窝里。

一路上，听着欢快的歌声，想着如何打好这次战役。

临行的前夜，西宁的德都蒙古同胞们为我们送行，为德都蒙古文化走出青海喝彩！长夜难眠，激情燃烧，星星装点古城夜色，德都蒙古长调悠扬而惆怅的旋律，飘洒在古城西宁灿烂的夜色里。

紧接着，大家进入了紧张而有序的排练，每天从早上9点到后半夜的两三点结束，所有的演职人员都在辛辛苦苦地工作着，剧情也在排练中不断修改着……

担任总导演的是我们德都蒙古青年舞蹈艺术家周格特力加，执行导演由青年导演刘嵩和古楞等担任。

由于持续排练，刘嵩导演的脚受伤了，无法行走，周格特力加导演的眼睛也受伤了，半夜去医院通宵打针，白天依然坚持排练；汗青格勒乐团的朋友们由于气候不适应，也出现了感冒等病症，可是大家依然坚持着，克服所有困难，为《汗青格勒》走上长沙舞台努力着……

离演出只有两天了，整体排练进入后期调整，剧情越来越激烈，更多细节里看到导演在含泪指导，所有演职人员克服一切困难，坚持排练。在最后的彩排以及之后的首演中，北京华夏洋洋文化传媒公司的负责人杜洋来看我们的演出，她说她和青海有缘，一直关注着我们的排练。

从此杜洋与《汗青格勒》结缘了，也就有了此后的金昌站。

第二天凌晨我们背着行囊离开长沙，向故乡出发了，大家都有一个遗憾，就是没有去毛主席的故乡韶山看看。

我们带着疲惫的身躯，带着激动的心情，带着成功的喜悦回到了故乡。

海西电视台、《柴达木日报》、央视网、青海民族文化网等媒体都在报道，德都蒙古首部歌舞剧在长沙成功上演……

回到柴达木，激动的心久久不能平静……

中共海西州委、州政府发出通知，要举全州之力打造德都蒙古文化。刚刚回到故乡就传来这般振奋人心的消息，感悟到我们没有白行动，我们一定会走向成功。

《归途·寻找汗青格勒》2015 年全国巡演第二站定在甘肃金昌，被金昌市政府列为 2015 年“将高雅艺术引进金昌”公共文化服务体系示范区典范式惠民工程第一季的演出。这期间，有来自国内外十余个知名演出团体中，中国儿童艺术剧院、白俄罗斯国家芭蕾舞团、中国芭蕾舞剧团、甘肃省京剧团等将陆续亮相大剧院，推出包括歌舞剧、儿童剧、芭蕾舞、京剧、交响乐、室内乐等不同艺术门类的近 10 场演出，一大批中外演员将登上大剧院的舞台与金昌观众见面。德都蒙古歌舞剧《归途·寻找汗青格勒》与“情迷双生花——英国瑞托卡双小提琴音乐会”作为第一季的开场剧。

5 月 28 日，我们在西宁集结，29 日早上 6 点准时出发，中午 12 点半赶到金昌市与舞蹈队相逢。

金昌，一个非常干净的小城，一个充满生活节奏、舒缓的小城，一个给人许多遐想的小城……

吃过中午饭就进入排练，因为部分演员换人，还有部分情节已经修改，所以排练、和光、录音全部要连续做完。走进大剧院舞台的第一件事情先把蒙古包下好，当然演出结束时第一件事情就是把蒙古包打成包，因为这是一件非常专业的活儿，只有来自草原上的人们最熟练。

一直忙碌到凌晨 3 点，基本完成了修改部分、歌曲录制和部分灯光的调试。30 日的金昌首演非常重要，所以大家忘记了一路的风尘与劳累，继续排练，做好了演出准备。

30 日晚上 8 点，钟声按时响起，剧场一片漆黑，音乐缓缓响起，灯光缓缓亮起，剧场内座无虚席，人们静静地观赏着……每一次灯光拉暗时掌声响起，不断响起的掌声安抚着每一位创作者和演员的心，被剧情感动的金昌人此时和我们剧组的所有人在金昌这个小城一起沸腾了。

5 月 31 日，金昌大剧院仍然高朋满座，1100 人的剧院座无虚席，掌声、欢呼声接连不断，当歌舞剧落下帷幕时，观众依依不舍，剧组演职人员再三谢幕！

一部纯粹的德都蒙古语言的歌舞剧，在演出市场冷淡的今天，在一个大西北的小城市取得如此成功，可以说明太多的事情，我们根本无须费口舌去讲述了……

《归途 · 寻找汗青格勒》传播了国家级非物质文化遗

产的正能量，传播了德都蒙古优秀的民俗文化，同时宣传了海西民族文化的经典之作。在金昌我们听到了很多对歌舞剧的评论和关注，备受鼓舞。金昌市文化局领导提出以后继续合作，将优秀的民族文化带进金昌！优秀史诗《汗青格勒》与汗青格勒乐团成了金昌人民茶余饭后的新话题，太多的人受到了震撼，夸奖《汗青格勒》带来的正能量！

金昌一画家感慨道："《归途·寻找汗青格勒》演绎了一个蒙古族游子对民族文化的心灵拷问，一部剧，剧情很简单，舞台背景也单调，却尽显蒙古文化的撼人魅力，观后，心潮久久难平。"

金昌摄影家秦一卒先生连看两场，发布微信图片说："德都蒙古歌舞剧《归途·寻找汗青格勒》金昌站盛大落幕，美轮美奂的舞美、灯光，令观众陶醉。古典舞与现代舞完美的结合，使该剧更显出一份厚重。"

31 日晚的演出结束后，金昌文化局和金昌大剧院设晚宴为我们庆贺。因为《归途·寻找汗青格勒》震撼了金昌人，成了"将高雅艺术引进金昌"公关文化服务体系示范区典范式惠民工程第一季最成功的演出，原计划只有一场演出，可第二场更加饱满、更受欢迎。出乎意料的巨大成功，这是金昌大剧院没有想到的，文化传媒公司没有想到的，汗青格勒乐团更没有想到……

金昌大剧院雷总说："开始根本没有把握，结果无法想象，太成功了，太震撼了。"

金昌文化局局长说："这是一场精神大餐，欢迎汗青格勒乐团再来金昌，金昌大剧院的大门永远向你们敞开。"

金昌人大常委会副主任观看完演出后说："太震撼了，这是一个正能量的歌舞剧。"

金昌大剧院的副经理说："没有一次演出到结束时，观众不离开座位的，有的演出到后半场观众就走得差不多了，《归途·寻找汗青格勒》创造了奇迹。"

太多太多的故事，一位金昌青年追随我们到后台，就想收藏这些震撼人心的德都蒙古民歌，我说这是现场版，没有录音。他说："这些震撼人心的音乐，让许多人流下了激动的眼泪。"

《归途·寻找汗青格勒》这个名字开始在金昌传播……金昌人微信都是《归途·寻找汗青格勒》的画面。当天发表的所有照片都来自金昌朋友的微信。

金昌演出的成功归根结底要感谢剧组全体同仁，为弘扬中华民族优秀文化，日夜兼程，风雨无阻，创作出了精美绝伦的歌舞剧，成功的背后有太多的艰辛，汗青格勒乐团和 hangrd 舞团的弟兄们辛苦了！

德都蒙古歌舞剧的诞生与走进市场的过程，验证了德都蒙古文化优秀的正能量，也证实了德都蒙古文化走出大山，走向世界的魅力。

最后用刘嵩导演在返程的路上发来的心灵语录结束这段文字：华美落幕，情洒金昌。各自归途，情谊荡漾。再聚首，续辉煌。汗青格勒，万古流长。

6 月 1 日清晨，《归途 · 寻找汗青格勒》剧组兵分两路踏上了归途，我们期待下一站。杜洋说："我们以最快的速度湛江再相会。"

再见，金昌！再见，汗青格勒剧组的兄弟姐妹们！我们期待再相会！期待《归途·汗青格勒》走得更远、更高……

今天，历时半年的日志可以画上一个完整的句号，期待下期再叙述德都蒙古文化灿烂的未来！

记忆中的史诗：《汗青格勒》

导语：发轫于部落征战时代的德都蒙古英雄史诗《汗青格勒》是活态史诗，以口头传承和说唱的形式，讲述了蒙古族英雄降妖除魔拯救百姓的故事，闪烁着蒙古族人民追求美好生活的智慧之光。

德都蒙古文化的奇葩

和硕特史诗形成于15世纪至17世纪之间，《汗青格勒》被蒙古族史诗界划分为和硕特史诗，主要流传于青海和甘肃和硕特蒙古人之中。《汗青格勒》被称为和硕特民间文学名著。英雄史诗是世居柴达木盆地四周的广大蒙古族人民在漫长的历史长河里，口头传承流传，不断创作完善的口头文学。德都蒙古称英雄史诗为"图吉"，说唱史诗的艺人为"图吉齐"。

蒙古族英雄史诗《汗青格勒》是蒙古族民间艺人用说唱或演讲的形式，以质朴的语言，形象而生动地反映了蒙古族的历史、社会生活和生产状况。在英雄史诗中，各英雄人物之间发生的激烈战争，主要以扩大水草丰美的牧场为目的，掠夺人口、美女、骏马、牲畜和财产或进行血亲复仇等，表现了人们征服自然，追求幸福生活的美好愿望，同时还表现出了对旧时代黑暗势力的深恶痛绝等。它产生于原始社会末期和奴隶制社会初期阶段，主要讲述了可汗巴音呼德尔阿拉泰的儿子汗青格勒的故事。故事从古老的时代开始，交代了占据西北的可汗巴音呼德尔阿拉泰，在一个吉祥的日子里降生了自己的儿子汗青格勒，汗青格勒长大后听父母讲述了与巴拉玛格日勒的诺言，接着叙述了汗青格勒前往巴拉玛格日勒家娶亲的艰难历程，表现了他的机智与勇敢。

蓝天如湿地般大小的时候
大地似火盆样大小的时候
大海如水泡般大小的时候
须弥山似土丘样大小的时候
……

史诗的开场就交代了年代与环境。

他脚踩一座山
身倚一座山
他与蓝天比肩
踏大地抖颤

描写了汗青格勒出生时的情景。

肝胆相照唇齿相依
喝上了十天的美酒欢庆胜利
喝上了二十天的喜酒喜结连理
幸福安康的日子绵绵无期

最后描述了汗青格勒最终过上了幸福安康的日子。

史诗运用了大量民族语言风格的形容词，比喻夸张大气，对塑造英雄人物形象恰到好处。在青藏高原，汗青格勒是智慧的化身，是广大人民心中的英雄，史诗中的汗青格勒勇猛善战，智慧超人，为了家乡的平安和谐，战胜妖魔鬼怪，建立平安和谐家园，这也是广大人民群众世代相传的美好愿望。

2005 年，海西州群艺馆开始整理海西蒙古族英雄史诗《汗青格勒》，申报了省级非物质文化遗产名录，青海省人民政府于 2007 年 5 月 25 日公布了第二批青海省非物质文化遗产名录,《汗青格勒》名列其中。2008 年 6 月，国务院公布了全国第二批非物质文化遗产保护名录,《汗青格勒》成功入榜。

蒙古族英雄史诗《汗青格勒》具有海西特殊的地方特征，这部英雄史诗在蒙古族民间文学中实属罕见，具有重要的历史研究价值。它是蒙古族文化宝库的一朵奇葩，蕴涵着蒙古族人民的聪明才智，被省内外学者推崇为青海蒙古族民间文学三个顶峰之作之一。

《汗青格勒》又名《呼德尔阿拉泰汗》，现今广泛流传于海西蒙古族藏族自治州的德令哈、乌兰、都兰、格尔木、大柴旦等地区，同时在甘肃省肃北县的和硕特人中也有流传。另外在蒙古国西部的巴亦特人和杜尔伯特人中有异文《汗青格勒》流传。《汗青格勒》在我国就有几种异文本：最早出现的是 1957 年 2 月 20 日，图白、曹鲁蒙记录的甘肃省肃北县民间艺人罗布桑说唱的英雄史诗《呼德尔阿拉泰汗》。在青海省海西地区对《汗青格勒》的记录也有多种版本：1981 年发表在《罕腾格尔》第四期上的英雄史诗《汗青格勒》，由哈达宝力德采集于 1978 年，由著名《汗青格勒》说唱艺人乌子尔说唱；1983 年发表在《花的柴达木》上，由才仁巴力采编，依然是由乌子尔说唱的英雄史诗《汗青格勒》；此后将英雄史诗《汗青格勒》编入了《聚宝盆》《青海蒙古族民间口头文学集锦》等多部书中。海西蒙古族英雄史诗《汗青格勒》主要代表性传承人为已故民间艺人乌子尔老人，乌席勒、才仁道尔吉采集的乌子尔老人说唱的《汗青格勒》即将由内蒙古教育出版社出版发行文字与 CD 的珍藏版。现在《汗青格勒》传承人有国家级传承人索克、茶汉扣文两人，新生代传承人也在传承中。《蒙古英雄史诗源流》记载：“和硕特史诗的数量少，除了《汗青格勒》以外的其他史诗处于被遗忘的过程中，散文化和故事化倾向比新疆卫拉特史诗还要严重。”由此可以看到《汗青格勒》在蒙古族英雄史诗中的重要地位和保护价值。

与传承人亲密接触

第一次接触《汗青格勒》是 1984 年夏天，我和才仁道尔吉先生一起到怀头他拉下乡。著名《汗青格勒》说唱艺人乌子尔老人就在怀头他拉定居，当时他已经双目失明，而且是一位五保户老人。我们在怀头他拉的20天里，每天晚上到老人家里一边聊天一边采访，同时录下了德都蒙古英雄史诗《汗青格勒》和许多民歌、祝词、故事等10多盘录音带。如今老艺人已经离开我们快30年了，但他依然活在我们的记忆中。乌子尔老人是《汗青格勒》最重要的说唱艺人，乌子尔老人说唱的《汗青格勒》节奏适度，词语清晰，情节与情绪合理，其录音资料极其珍贵，对传承、传播《汗青格勒》有极其重要的价值。

2006年夏季，“孟赫嘎拉”牧民文化节在大柴旦湖畔举行，第三天文化节结束后，我们准备撤离草原时，听说这里有一位《汗青格勒》说唱艺人茶汉扣文，我立马找到了他，当时我带有DV，就在草原上完整录下了茶汉扣文说唱的《汗青格勒》。随后我们开始申报州级、省级、国家级代表性传承人，2009年5月，茶汉扣文被批准为第三批国家级非物质文化遗产项目《汗青格勒》代表性传承人。

国家级传承人茶汉扣文，1933年生。他是大柴旦行委柴旦镇的牧民。11岁时母亲因病去世，12岁时父亲也离开了人世，留下年幼的他独自面对未来。他跟随姐姐游牧长大成人。15岁开始跟随德都蒙古著名说唱艺人乌子尔学习英雄史诗《汗青格勒》及其他优秀民间故事等。当茶汉扣文对学习英雄史诗的兴趣达到极点的时候，遇上了一个接一个的运动，学习也被搁浅，但他还是利用一些闲暇时间给小朋友们说唱《汗青格勒》，在一遍一遍地温习中保留下了《汗青格勒》。

2008年夏季，我带着《汗青格勒》代表性传承人索克老人离开喧嚣的都市，来到美丽的柯鲁克湖畔，在怀头他拉牧民才仁家的蒙古包里采访索克老人。由于环境等因素，索克老人的说唱激情高涨，思路清晰，一气呵成了一篇史无前例的《汗青格勒》。之前所有的《汗青格勒》版本时长都在60分钟左右，所以我就准备了3个DV带，准备录两个传承人的说唱，可是这天奇迹发生了，索克老人说唱了2个半小时，就这样录制完成了到目前为止时长最长的《汗青格勒》新版本。

国家级传承人索克（1946—2015），他出生十几天后母亲因病去世，奶奶照顾着幼小的索克。索克2岁时，父亲胡尔都拜死于土匪入侵，4岁时奶奶也离开人世，年幼的索克开始跟随哥哥、嫂子生活。磨难接踵而来，6岁时他双目失明。不幸和痛苦一次次光顾着年幼的索克，但是他没有弯下腰，他开始利用听觉和记忆勇敢地学习德都蒙古民间文学。

索克老人是一位盲人，是屈指可数的几位《汗青格勒》传承人之一，他靠福利院学习的盲人按摩技术维持着一家人的生活，爱人没有工作，三个孩子都大学毕业。老人为了在有生之年更好地传承传播《汗青格勒》，放弃了盲人按摩工作，在传习所、学校、群艺馆等地方说唱《汗青格勒》，他拿着微薄的低保收入维持生活，积极参与非物质文化遗产的传承与传播工作。2012 年 12 月，索克被文化部批准为第四批国家级非物质文化遗产项目代表性传承人。2013 年德都蒙古春节晚会上，他含着眼泪说："我从儿时开始学习《汗青格勒》，是《汗青格勒》给了我生活的勇气，让我战胜了太多的困难，坚强地活了下来。是英雄史诗让我这个盲人站在了这个舞台上，现在被批准为国家级传承人，我也有义务传习好《汗青格勒》。"索克老人说唱《汗青格勒》时语言精练简要，思路敏捷连贯，故事起伏不定，是《汗青格勒》传承人中难得的民间艺术人才。

当我们全方位了解《汗青格勒》传承人的生平时，感受到了英雄史诗的魅力和对人生的重新感悟，每一位传承人不仅传承了优秀的英雄史诗，而且以此作为精神寄托，激发着对美好生活的向往，战胜了一个又一个的困难，坚强地生活着，并传播着史诗。

在演唱中传承

《汗青格勒》是国家级非物质文化遗产，主要在我国青海省海西蒙古族藏族自治州和甘肃省肃北蒙古族自治县的和硕特人中广为流传，如今保留最完整的还是海西蒙古族藏族自治州。但是许多《汗青格勒》说唱艺人一个个陆续离开了我们，保护、传承《汗青格勒》的任务十分艰巨。

2010 年，柴达木民族文化传播中心录制了说唱版《汗青格勒》，首次将《汗青格勒》搬上舞台，并荣获青海省群文干部技能大赛二等奖；2011 年又登上了央视《民歌中国》。2012 年注册登记了“汗青格勒乐团”，由德都蒙古著名歌手胡日查担任团长，并注册了“汗青格勒”商标。2012 年 7 月 20 日进行了汗青格勒艺术团成立现场音乐会，柴达木影剧院首次出现了座无虚席的场景。震撼人心的现场说唱，征服了所有观众的心，乐团的成员们根据故事情节，利用传统蒙古族乐器现场弹唱，缓慢抒情的描述，激情昂扬的说唱，将《汗青格勒》演绎到了一个新的高度。当音乐会结束时观众久久不愿离开剧院，掌声一次次响彻柴达木影剧院，英雄史诗《汗青格勒》震撼着每一个人的心灵。7 月 28 日，2012 中国（青海）世界山地纪录片节在德令哈举行，中午在美丽的马兰滩，汗青格勒艺术团为来自五湖四海的国内外纪录片专家、制片人等演出了经典的《汗青格勒》，得到了各界朋友的高度赞誉。南非驻华大使馆文化处代表佩兴斯女士激动万分，用摄像机从头到尾记录着汗青格勒艺术团的演出，她感慨地对记者说："我今天来到这里很高兴，深受感染。"

为了更好地传承、传播、发展德都蒙古文化艺术顶峰之作《汗青格勒》，2013 年创办了首届德都蒙古春节晚会《汗青格勒之乡 · 金色世界德令哈》，国家级代表性传承人索克老人带着他的 20 名幼儿园的弟子说唱《汗青格勒》，场面感染着全场观众的心，老人含着眼泪回顾了苦难中走来的经历，主持人和观众也流着眼泪看完了这场新老传承人的演绎。随后，汗青格勒乐团更加震撼地演绎了《汗青格勒》，说唱音乐与国际音乐接轨，表达方式更激情昂扬，气势逼人，赢得全场经久不息的掌声。2014 年创办了首届德都蒙古新春歌会《汗青格勒之乡 · 聚宝盆的祝福》。《汗青格勒》已经成为青藏高原一道亮丽的风景线。

2013 年至 2014 年，柴达木民族文化传播中心特邀著名画家包 · 巴雅尔先生创作百米绘画长卷《汗青格勒》。

2015 年，完成了德都蒙古歌舞剧《归途 · 寻找汗青格勒》，并于1月16日在长沙首演，5月29日、30日在甘肃金昌上演，拉开了全国巡演的序幕。《汗青格勒》已经成为青海民族文化新品牌，我们正在努力全方位传承、传播国家级非物质文化遗产《汗青格勒》。

索南才让

牧道系列三

索南才让，男，蒙古族，1985 年生于青海省海晏托勒草原，中国作家协会会员，鲁迅文学院第 34 届高研班学员。2008 年起在《瀚海潮》《小说月报》《青年作家》《民族文学》《滇池》《西部散文家》《青海湖》《文学港》《雨花》等报刊发表作品。曾获青海省“首届大湖文学新人奖”、第六届青海青年文学奖、青海省“五个一工程”奖。作品入选各种选集。出版中短篇小说集《存在的丰饶》《我是牧马人》，长篇小说《野色失痕》《小牧马人》。

牧道系列三

牧道 1

时至今日，我仍然很幸运地生活在我的牧场上。每年在山川草甸之间游荡，赶着畜群经年重复在长长的、古老而沧桑的多情的牧道之中……

每年春夏之交，雨水多了，我们便开始准备前往夏牧场。夏牧场在洪呼力，是和青藏高原的明珠青海湖遥遥相望的一个山区。我的营地选在海拔将近 4000 米的一个山垴里。之所以这样做只有一个原因：但凡夏天药草长得好的地方，都是一些山势险峻之地，这些地方虽然行走艰难，但对牛羊大有好处。试想一下，它们每天追逐着山巅崖下的药草和花朵吃，就像一个人用中药调理自己一样，能不比一般吃不到药草的同胞更好吗？

但住在这样的地方也有很多苦恼，因为山区的雨水往往比平坦之地来得充足。雨水沿着山脉移动，哪里山高，哪里谷深，哪里就更有吸引力。所以记忆中总是有一阵阵的雷雨跟着我，怎么也甩不掉。

转场的时候，三更半夜起来给犍牦牛驮垛子。帐篷呀、行李呀、日用品和食物这些东西统统都要牢牢捆绑在牛鞍上，哪怕这头大犍牛再怎么不高兴，再怎么跳跃也不会把东西摔下去……这种特别需要技术和经验的活儿我学了十多年，也没有学到阿爸那种举重若轻、随心所欲的境界。每每想来甚是遗憾。后来，随着道路的好转，我们再也不用提心吊胆地用牦牛来驮东西了，我们有了拖拉机或卡车，只要几个小时就能到营地。不用在长长的仿佛永无止境的牧道中，等待着长龙一样的转场队伍艰难地向前挪动了。但我们的牛羊群还是要走牧道，依然要在这条路上一步步地消磨着距离和时间。这样的旅程我们通常要进行两三天。春夏之交，牛羊经过残酷冬天的折磨后变得萎靡不振，瘦弱不堪。它们迫切需要夏天的温暖与牧草的丰茂来恢复身体。让它们在这种状态下踏上漫漫征途实在是迫不得已。不过它们自己却并不十分担心，在转场的前一天，它们会自然而然地意识到即将面临的艰辛和之后的天堂一般的生活，所以那一个晚上，羊群是不会安静的，牛群也不会安静，它们会不停地发出自己激动的叫声，持续整整一个晚上。到天亮了，我们牵来了马，备上鞍子，一切妥当，把它们放出圈。这时候，它们就会精神抖擞地跟着领头者，根本用不着我们去催赶，它们既规矩又兴奋地冲上牧道。一旦它们踏上了征途，立刻会安静下来，只是默默地埋头赶路。

牧道两边草场里的青草早已冒出绿幽幽的身子，在残存的枯草当中十分亮眼。如果是一个好天气，那么转场就是一件尽管劳累但让人身心愉悦的美事。一路阳光普照，放眼之处，尽是莽莽群山。平坦之处的草地色彩斑斓，随云朵和阳光的转变而换着颜色。初夏的草原可不是简简单单的绿色。它会是各种各样的颜色，会出现很多你想象不到也无法形容的颜色，它呈现出一种抚慰灵魂的大美之景给你，以报答你对它长久以来真挚的关怀。这样的美色只有我们牧人和生活在其中的畜群们知道，外人不懂。我们也不愿意去介绍草原的春天为什么是红色或紫色的，为什么夏天的草原分浅绿、墨绿、土绿、黄绿、白绿；我们也不会解释秋天的草原怎么就是黑色和银色的，怎么就会突然变成气势磅礴的一片灰沉沉；我们更不会去说冬天草原的黄色的四种区别……这些只有我们牧人知道，仿佛冥冥之中就是需要我们保护的东西。

游牧人与草原的静谧是从牧道开始的……

牧道 2

牧民的转场承载着岁月的斑驳。

我彻底脱离学校掌控，重回牧场时 12 岁，正是好奇的年龄。我的身体、我的感官乃至我的梦境都告诉我，我生来就是和草原、牧场、畜群、动物血脉相连的。

那时候，我家只有两顶帐篷，其中的一顶是黑色的牛毛帐篷，已经很旧了，一下雨就漏水。我的阿爸和阿妈晚上就睡在里面，白天当客厅和厨房来用。我和姐姐弟弟共同享有另外一顶尖尖的、小小的白帆布帐篷。小帐篷薄而小，晚上我和弟弟睡一个被窝，姐姐睡在毛毯里。我们在被子上面盖上阿爸的皮袄。遇到夜里下雨，帐篷里也有水进来，每当这时，我们都无法睡觉，像小狗一样蹲在用高山柳铺做的床上发呆。一直到天亮。

后来姐姐出嫁了，小帐篷里只剩我和弟弟了，可我俩却为了霸占睡觉的面积，每晚都吵得不可开交……再后来，弟弟去了学校，小帐篷就剩我一个人了，想怎么睡都行。可我觉得真孤独啊，再也没有多占“一寸地儿”的兴致了，睡觉也仅仅是睡觉了。

后来堂弟回来了。堂弟从学校里逃出来，像野马驹一样跑回草原。于是我们天天待在一起，闯了许多祸。

在搬往夏草场的前一个晚上，阿爸把十几头犍牦牛拴起来，备上牛鞍。在勒牛肚带方面阿爸极具经验，按他的说法，晚上最好不要把肚带勒得太紧，那样会使牛很难受，第二天驮着东西发脾气很可能就是晚上肚带勒得太紧的关系；但也不能太松，那样牛鞍等不到过午夜就掉下来了。那么，怎么样才是刚刚好呢？阿爸没说，他叫我和堂弟站在他身边，让我们切身感受其中只可意会不可言传的神秘本领。他叫我俩用心，等再过两年他就撒手不管了，所有的事都得我们自己弄。我和堂弟认真地学习着，堂弟向来机灵，学得比我快，因此两年后他把这一套本事学了十之八九，而我却像从来没学过一样。堂弟可以独自一人把自家的几头牦牛驮上垛子的时候，得到了大人的一致赞赏。我知道他并不在意这个。但他和我一样喜欢牧人的生活，尤其是骑着马一年到头在好几个营地之间穿梭；三更半夜赶着驮牛，赶着羊群和马群，熙熙攘攘地跋涉在长长的、起起伏伏的转场的路上……

不管时间过去多久，真正的牧人永远是这个样子。

我们在半夜里动身。等到正午酷热之时可以多休息一会儿或者慢慢的如同蜗牛一般地挪动。这样的好处是可以让羊群得到喘息的时间，保住一定的体力，不至于几只、十几只地掉队。

但每次转场还是会有掉队的羊，多少取决于当年羊的体质。体健一些，掉队的就少一些；体弱一些，掉队的就多一些。羊走不动了，那真是一件既麻烦又苦恼的事情。为了这件事，我们会尽最大的努力去结识在转场路途上的那些人家，和他们成为朋友，等在转场的时候有了掉队羊就可以去求助。只要在他们的草场里放养几天，等它们缓过劲来，就可以赶回去了。

我和堂弟不愿意和阿爸走在一起，我们会想尽办法让他离开，去赶牛或者马。我们绝对不会让他跟着我们赶羊。主要有两个原因：一是他老是喝醉，还能一天十二个小时不停地骂人；二是我俩青春年少，懵懵懂懂地渴望爱情，不想阿爸跟着。我俩用一个转场的过程打探清楚了沿路所有漂亮姑娘的人家，到了再次转场时，那些被撵得都快累死的羊就专门往漂亮姑娘家去寄养。期望一来二去能够擦出爱情的火花，我和堂弟同时瞧上了一个女孩。为了究竟应该属于谁而闹了别扭，不过当听说她嫁人后，我们突然就觉得没意思了，再也没有关注过她。

有一年夏天，在热水滩的小站上，新开了一个物品繁多的小店。店主是一位不曾谋面的美丽姑娘，我和堂弟毫无心理准备，就那么贸然地见到了她，被她深深地吸引。我们在那个小店里逗留了许久，和她聊天，开一些让她脸红却无伤大雅的玩笑……我俩像失了魂一样从店里出来，几乎就是三步一回头地走了。但没走多远，我和堂弟都找了一个借口各自返回一次。至于借口当然充分，因为买的水都喝完了，要是在往常，一个人可以买回来两个人的水，但在这种时候，就必须各买各的。

我俩三拳两胜，赢家优先。

堂弟以往拳臭，但那天如同鬼神附了身，干净利落地完胜了我。他得意扬扬地扬长而去，我内心失落得无以复加，一步也不想走了。

堂弟一去一个半小时，让我火冒三丈。他回来后我臭骂他，责令他在我回来之前把羊赶到垭口上去，因为我已经在等他之际不情不愿地消灭了老长一段路程。所以我说得理直气壮。

我打马风风火火地往回飞奔，快活得像一只扑空的雏鸟。

堂弟和她聊了一个多小时，我便在此之上加了一倍。等我满怀憧憬地走出小店，站在草坪上患得患失的时候，太阳只差一步就跌到青海湖里去了。最后一批转场的人家估计也已经翻过了垭口。

我在洪呼力河边追上了堂弟，他比我更加恼火。我和他美美地吵了一架。这是我们第二次为女人而争吵，真是不可思议。我第一次强烈地感受到对异性的关注和迷恋带给我们兄弟之间的隔阂，那是一种我以前从未想过，而今却突然摆在我面前的难题。我不知道该怎么去解决，不知道有没有一个两全其美的办法。我先想到假如要我在堂弟和那个美丽的姑娘之间选择的话我会怎么做？当时我罕见地原谅了堂弟对我几乎是要打两拳的愤怒，我默默地过了河，追上羊群。

我和堂弟回到营地的时候，阿爸迎面而来，他大声质问我们怎么回事，我和堂弟仿佛商量好了一般撒谎说："路上和别人的羊群混合了，整整分隔了四个小时……"

我们都没有提那个姑娘。

等过了两个月，我们重新返回秋牧场，经过那个商店时，里面的人却不是她，这让我们都松了一口气。我俩从此再也没有说起过那个女孩。

如今，我们聊天的时候，常常在不经意间回忆起这件往事，多么可爱的往事啊。一晃，好些年过去了，往事如风，失去的永远最宝贵。

堂弟比我成家早，他已经是两个孩子的父亲。我们都已经是父亲了。岁月像牧人的皮鞭一样催着我们成长、成熟。但从前的日子越来越宝贵了。我们的父辈们缅怀过去的时候，我们兄弟又何尝不是如此。堂弟说他这么年轻，可很多事情已经不记得了，他怕他再也想不起来了。他在我的嘲笑中感叹岁月不饶人！

又到了一年转场的季节，我们将再一次踏上前往夏牧场洪呼力的牧道。这条牧道我和弟弟从满月后就开始走。多少年断断续续，走走停停，早已把每寸土地都凝固在心上了。我们用一点一滴见证了这条每年在特定的几天时间里繁忙无比的道路潜移默化的改变，也见证了沿路的蒙古族牧民和藏族牧民的兴盛和败落。我们应该会走很久很久，就像祖辈们，就像父辈们，从小走到老。也许转场才是牧人的年轮，每转一次，就是一岁！

牧道 3

以前，祖父总是讲他小时候的事。他记得那么清楚，仿佛那些事情就在眼前发生，一遍遍演绎，而他就是唯一的观众。可能是因为经过了六十年的孤芳自赏，他意识到应该再添一个观众了，于是成为他长孙不到六年的我就成了他争取（也是当时最好、最容易成功）的目标。因为那时候天天陪伴着他的只有我。每天天气好的时候，他拉着我的手去散步。他拣着已经干透的草地走，一边酝酿着，一边缓缓地用已被几千上万个日日夜夜的烟酒破坏掉的嘶哑嗓音，把他的童年娓娓道来。那时候我是那么着迷，那么激动，以至于没过几年就早早下定决心，一定也要把自己的童年完完整整地保存下来，以便到了他那个年龄的时候讲给我的孙子听。这个想法带着一股摧枯拉朽的力量把我击垮，直接被俘虏，再无反抗可言。

所以从那个时期开始，我特别留意自己的一切，总是想法子加深印象。这不是一个好习惯。多年后我才明白，只有最自然的童年记忆才是最值得记忆并保存的。但那是一个好奇而且还愿意较真的年龄，我满脑子只有一件事，就是像祖父一样把所遇的事都清清楚楚地记住。从另一方面讲，这事也不坏，比如现在，我可以从容地从一大堆堆积物般的记忆里找出一些认为有点意思的往事，再把它们像念珠一样串联起来，做到把看起来完整、漂亮的一段童年故事写下来。这可以是一个混混沌沌地活了 30 年的牧人的半个传记，也可以什么都不是，或者千千万万人类中的一条细细的喋喋不休……

但这也罢那也罢，我都得去刨翻那些多数被骚动的少年、欲望的青年以及患得患失的当下所掩盖了、重压了的“记忆模块”，擦拭干净，挑取精华。

在我还没出生前，草原比如今少了 30 年的破坏，因此显得还不错，冬天最糟糕的时候，也少有像大雪一样的沙尘暴。虽然也有风，但被吹刮起来的是一卷一卷的枯草——宛如黄色的车轮一样滚动——而不是别的。我就在那样美好的一个冬天出生了，我的祖父早早准备好的名字马上派上了用场（他坚信我是一个男孩）。我临世听到的第一个声音是大伯的声音，他带着神圣使命，叫了一声：“索南才让！”

于是我就成了那时候的、现在的以及将来的我。

索南才让！寓意富贵长寿。祖父把世间最奢侈的东西全部装进了我的名字里，我就背着这些祝福开始了生命之旅。

我的祖父有一匹格外老实的大黑马，他的这匹大黑马什么都干：放羊牧牛、串亲戚、驮东西、寻牛寻马，等等，当然他也让我骑，不过我太小，还不能独骑，所以都是他搂着我。他有一个很宽大漂亮的马鞍，我就骑在鞍头的位置，抚摸着那一溜儿纽扣大小的光芒闪闪的铆钉和红红绿绿的玛瑙，瞧着路途上的一切……那是我关于骑马最早的记忆，仿佛之前的都被删除，我的人生突然就从一匹黑马上开始……就是说我惊醒，发现自己正在旅途之中，四周阔达辽远，天气绝好，万里碧空如洗。一大群牛羊在眼前滚动，形成一片层次分明的云彩……有好多人在驱赶这片云彩，我仔细一看，似曾相识，再一琢磨，觉得他们和我脱不了干系。果然事实证明我是对的，他们不是我的叔叔就是我的婶婶，不是姑姑就姑父……但奇怪的是，我没看见我的父母，一想到父母，我的脑海里肯定是已经出现影像了——这是所有人都有的东西——只要他们在这里我一眼就可以认出来。也没有我的姐姐，对她的熟悉我是相当肯定的，她只要出现在我几米的范围里我便可感应到，我找了几遍都没有她的身影，于是就扭动身体想下马去找，却被祖父阻拦。我极为不满，扯着嗓子哭起来。他根本没有要劝我的意思，我偷偷一看，他叼着那柄黑不溜秋的烟斗，用足有他巴掌大小的加汽油的打火机和半截木棍似的指头摩擦出一束火苗点烟。他的满是沧桑的脸粗粝得像一条沙石路，两条眉毛长度超过我的头发。而他的头发既短又硬，像插在他脑袋上的钢针。他的眼珠泛黄，看人的时候仿佛被一头野兽盯住了——他的暴躁脾气远近闻名——所有人都怕他。

但我不怕，全家最不怕他的人就是我，祖父对我的喜爱令我备受其他亲人的宠爱，谁要是冲我发火那他就惨啦，非得被祖父狠狠地收拾一顿不可。所以哪怕他们有谁不喜欢我，也得对我赔着笑脸，违心地夸我。

我们到了一片宽展的草地，祖父一声令下，就有人跑到前面去截住畜群，其余的下马，取下马褡裢，我额吉被我最小的叔叔扶下马，顺便把拐棍也递到她的腋下。额吉的一条腿几十年前就残了，另一条腿也不怎么好使。她的磨难容我今后再说。祖父把我从马上揪下来，顺便在我屁股上踢了一脚。还好像骂了我，因为我就是在那一刻对他蠕动的胡子有了极为深刻的印象。我后来回忆，他那时候的胡子好像挺黑的，远没有头发那么白。而且他的胡子只有鼻子下面有，别的地方都刮得干干净净。他的胡子给我的眼球和心理造成了一种黑暗的色彩，胜过往后的一切黑暗。即便到了今天，他那黑暗的胡子依然在缓慢地活动着，时常在我紧张的时候在脑海中晃悠一下，如同那时收音机里时断时续的声音。这种奇妙的（或者是幻想）在最初诞生的几年叫我烦不胜烦，再以后，随着我对颜色更加深入的理解，我和它相处得便很愉快了。它直接或是间接地让我和祖父产生联系，似乎只要他愿意，通过这黑暗的通道就可以找到我。我想起他——更多的是梦见——百分之八十都有它在场——真是怪诞啊……

大家围坐在一起，莫名其妙地开心，笑声不绝于耳。有的难听刺耳，有的像被冰水刺激了一下，而有的像被糌粑噎住了嗓子……他们没有一个笑得是正常的（在我看来）。遗憾的是我基本没记住他们那会儿的表情，姐姐也不例外。但我记住了远处孤零零的一个黑牛毛帐篷，我记得那帐篷看起来简直就是一个超大的黑蜘蛛！它的周围竖立的木棍和用木棍挑起来的绳子就是蜘蛛的腿……

一天时间，我刚产生记忆，能有祖父的胡子和蜘蛛一样的帐篷就已经很不错了，但当祖父领着我，到了那个多少让我感到不舒服的帐篷，看见里面眼花缭乱的食品——尤其是他给我买了一些糖，我的嘴里流溢着甜味的液体时，我对甜美和糖果的记忆一下子追溯到很久以前了，我都不知道那会儿我有多大，我却记得第一次吃到糖果时的那种震撼。糖果也许和母亲的乳汁一样，是我最初的最本能的几个符号之一，我相信我的敏感来源于对这些符号的依附，我从这里吸取了决定性格的一些养分，通过逐渐增加的各种其他的符号，完善、培养它们，使之成为符合我的本能的要求成长。

我对乳汁的依赖就是对亲情的依赖。而蒙古人对乳汁的依赖便是传承的一部分。

祖父领着我返回时，我已经混混沌沌，沉浸在自己稚嫩但至关重要的浅而薄的，甚至是残存的记忆里。我开始以特殊的方式，也是每一个人都有的方式——试图掌控突然间就出现的东西，我的占有欲是那么强烈，以至于不允许出现意外……但因为我的年龄正是一个“弱者”的年龄阶段，这个词意味着就要失去很多东西，我更加不可避免；或者说我连这个都谈不上，没有一个坚强的保护，还能怎么样呢？

这次匆匆结束的，直接是被断裂的记忆，在以后的某一年，会以意料不到的方式回归，那时，我已不再很是需要，我的本能不会停留在一个阶段，它也在随我成长，它的需求也是奇奇怪怪，试问，在它需要异性的气息和蠢蠢的欲望时，我需要五岁时想要的东西干什么呢？但我还是没有拒绝，把它留了下来。

那天下午，也是在转场的过程中，我们吃了一些简单的饭食，在草地上坐了好几个小时。阳光专门追着我的脸蛋晒，因为稚嫩的皮肤更容易让它有成就感。后来我得知，那年之所以坐了一下午，是因为有一头驮牛的背受了严重的压伤，而其他的几头也有不同程度的伤势。为此祖父大发雷霆，差点动手揍了负责备牛鞍的三叔和四叔。那些年由于经济和草场双重的压力，每家每户的驮牛都没有多余的，一次受伤五六头，就严重了，休息一天是最好的办法。

我的几个叔叔和唯一的姑父轮流去截住非得要走的畜群，他们每次都用有棱角的石头招呼领头的牦牛和羯羊，但他们不会对马群动手，我们家的马群在祖父的呵护下像一群娇生惯养的小姐。由于天天好吃懒做，它们身上的力量随着每一点肥肉的增加而相应地变弱，多年来没出过好马，使得叔叔们死了心，转而去用牛羊换别人家的马了。

傍晚的时候，我一回神，发现有两座尖顶的黑白色的小帐篷已经扎好。我的额吉坐在一座有炉子的帐篷门口，远远地喊着谁把什么东西拿过来……

不远处叔叔们钉好临时的牛挡，和婶婶们一起把牛群围住，最有耐心的三婶和小叔在牛群里穿梭，把一头头驮牛慢慢地攒到牛挡里拴住。这件事要耗费的时间得看那些驮牛是否老实，因为是在一个陌生的，不曾住过的地方被拴住。驮牛们很是警惕，不会轻易就范。好在我们家有足够的人手，所以太阳落山前，所有的驮牛都卸去了垛子，卸去了牛鞍。祖父勒令我老老实实地待在额吉身边，他去查看伤势，并想办法治疗了。

我对他们接下来要干什么充满好奇，央求额吉放我过去，但她那绿色军帽（那时候很流行）下的眼睛笑眯眯的，她握着我的手，另一只手不停地摸我的头，用地道的德都蒙古语叫我听话，不然等一会儿不给糖吃。

我预知无法得到好处，就乘着她的目光游离在群山峻峦间，苍老得总是把忧愁掩藏，而把强颜欢笑紧紧抓住的脸庞出现泪水之际挣脱而去，我因得逞而欢快地咯咯直笑，在柔软的草地上撒腿奔跑，全然没去理会她为什么会突然间泪流满面（后来我才知道，那一天正是她的第四个儿子去世的忌日。我的这位素未谋面的叔叔命运多舛，来到世上不足十年却因病而受尽苦难后悲惨地死去。他死了将近二十年，额吉却愈加地伤感，她怕祖父责骂，只能偷偷哭泣、想念……）。我在草地上摔了一跤，站起来朝她挥手，叫她过来。额吉哄我过去，说马上就给糖，她果真拿出一把花花绿绿的东西在手心里闪烁，我看了看那些的确诱人无比的糖果，又瞧了瞧祖父和叔叔好玩的工作，一时难以取舍，愣在那里做比较，最终还是好奇心冒出了头，我跑向祖父。他老远就扭过头，一张大脸被太阳晒得紫红紫红，他大吼一声，试图吓住我。但我摸准了他的脾气，他从来都不会打我，即使我再怎么调皮都不会。我依然朝他跑过去，绕过一条毛茸茸的粗大的牛腿扑到他的怀里，他慌忙地腾出手，笑骂着接住我，在我的脸上亲了又亲，用短刺的胡子扎我的脸。

他嘱咐两个叔叔该怎么做（尽管他们早就不需要他的事事指导，但他那爱指挥人的毛病一辈子都改不了），然后牵着我的手，绕过牛群。远处散开的觅食羊群的头齐齐朝着夏营地的方向，它们没有得到命令，不敢妄自行动，但在几个领头的羯羊的带动下还是缓慢地，一步一步地朝雪山、朝高寒地带行去。

祖父和我走到一个可以看到头羊的地方，他发出一连串的号令，粗哑的声音响彻草原，震得我耳朵疼。领头羊看见了祖父，也听到了号令，极不情愿地、笨拙地掉过头，依然是一边挑拣着花草，一边像老人散步一样迈着步子。

祖父盘腿而坐，把我抱到他的腿上，黑紫色的松弛的手指着那些白云缭绕的雪山说那就是我们的夏窝子，明晚上就可以睡在那里了……那里的草味道又香又甜，泉水比冰糖水还要甜……他的叙说让我又惊又喜，一想到可以天天喝到冰糖一样甜的水就喜不自禁。祖父却哈哈大笑，笑得歪了身子，把我放到草地上去。

驮牛都拴好了，牛群离开牛挡，在周围散开，有的去找水吃，吃完了慢悠悠地回来。在有“炉子”的那个小帐篷里，最里面坐着祖父，他的一边是额吉，一边是我，几个叔叔依次排列，帐篷就那么大，坐不下所有的人，姑姑婶婶们就只能或蹲或坐在门口了，这时太阳落山，空气一下子就变得凉飕飕的，大家说说笑笑地喝几碗奶茶，婶婶们就张罗着做一些简单的晚饭。她们那时候是那么开心，无论多累，笑声从来不断，时而窃窃私语，时而捂嘴偷笑，时而又憋不住大声笑出来……

祖父脸一拉，怒叱她们一顿。她们怕祖父怕得要命，立刻就安静了，可不一会儿又开始了……

最勤快的星星出来了，和天边燃烧的云彩一起璀璨的星夜来临，月牙儿露个笑脸。

炉灶里的火舌从锅底冒出来，四下起舞。火星子宛如跌落草地的星星，正在努力想回天上去……

吃了晚饭，夜已深沉，星空低垂，大地寂寥。几只狗一会儿吠着跑到西面去，一会儿又跑回来，围绕着羊群转了一圈又一圈。几个叔叔把牛群都收拢回来，他们夹着铺盖，分开睡在牛羊群的周围。半夜里要是狼来了，他们马上就知道了。

祖父、额吉、我和婶婶、姑姑们睡在两顶帐篷里，我与祖父一个被窝，央求他讲故事。他每回都爽快地答应，但每次都是讲同一个故事，日复一日，便再也不想听，于是转而让额吉给我讲一个，额吉的故事很少会重复，她还会讲恐怖故事……那天晚上，她给我讲了一个坏哥哥和一个傻弟弟的故事，那个故事如今想来其实很短，但她就是有一种本事，可以将小故事讲得很长很长。

听着故事，想象着故事，从帐篷张开的门看着墨蓝色的天空，那些随自己心意闪动的星星，那些难以辨别的野兽的呼唤……也许我做了梦，梦的经历就是我成长的经历。

凌晨过去不久，我被额吉摇醒，朦朦胧胧中只见外面一片漆黑，深不见底。帐篷里只有我和额吉，他们都在外面忙碌着，牛在哞羊在咩，人声沸腾，他们忙得好不热闹。不用额吉催促，我自己穿好衣服，就想去瞧瞧，但再次被额吉拽住，严厉地警告我天黑危险，一步也不能出帐篷。她挪到门口，一边烧茶，一边叫我到身边，一起坐着，烤着暖烘烘的火，看他们忙得脚不沾地。祖父的暴脾气在这个时候就像被点燃的火一样，吓得姑姑、婶婶们跑着干活，叔叔们乘他不注意瞅一眼，白一眼，把骂他的话在肚子里重复几十遍……

等他们把垛子都驮好，放开乳牛和驮牛，女人们急急忙忙回来，赶紧就着热茶吃个“者麻”，然后把帐篷都卸了，叠好捆好，驮到一匹老马上去了；而男人们则截住蠢蠢欲动的牛群，两个人在牛群里指指点点地数数，来回两三遍，直到俩人的数字都相投了，这才放牛群前进。他们回来坐在空荡荡的火边，每人拌一碗糌粑，大口大口地吃了，大口大口地喝几碗茶，随即风风火火地跟着牛群去了。剩下祖父、额吉和我，还有姑姑、婶婶们牵着驮帐篷的马，领着几只狗，赶着羊群跟在他们后面。

这时候天边已经发亮了，麻雀到处在叫。草地被露水沾湿，用手一摸就像许许多多小鱼从手掌滑过。祖父将我搂在前面，很有韵律地吹着口哨，大黑马很有节奏地踩着步伐，我就在这样的运动中迷迷糊糊地睡着了。

查森敖勒

查森敖勒，原名秦建文，男，蒙古族，青海德令哈市人，中国音乐著作权协会会员，青海省海西蒙古族藏族自治州音乐舞蹈家协会名誉主席。毕业于青海民族大学蒙古语言文学专业。2006年开始创作歌词。处女作《巴音郭勒河》曾获得文化部第十四届“群星奖”复赛奖。作品有《云中有座柏树山》《走进天空之镜》《阿妈的佛珠》《幸福的家园》《吉祥如意的日子》《锦绣都兰》《情归盐池湾》《我有一把马头琴》等。

那达慕 叫我怎能不恋你

到草原去看那达慕，是每个蒙古族同胞的一桩美好心愿。2013 年，刚刚一开春，海西蒙古族藏族自治州各地的蒙古族同胞们就开始迫不及待地关注四年一届的那达慕大会了。这时，2013 年 8 月在都兰县巴隆草原举办海西州第六届那达慕的消息就像和煦的春风，吹遍了柴达木辽阔的草原，吹进了每一座毡房、每一户牧民家。

在蒙古族群众的心目中，那达慕古老而神圣。她有着悠久的历史渊源和绚烂的民族风情。那达慕也以她独特的民族风采和勇敢、机智、包容的胸怀被世界其他民族赞誉。一提起那达慕，蒙古人不分男女老少都会兴奋不已。

那达慕在蒙古语中是娱乐、游戏的意思。据史料记载：那达慕起源于蒙古汗国建立初期，成吉思汗为了检阅自己的军队，将各个部落的首领召集在一起，为表示团结友谊和祈庆丰收，每年都要举行那达慕，并规定蒙古族男子必须具备摔跤、骑马、射箭这三项基本技能，俗称“好汉三技艺”，也叫“男儿三艺”。

在那达慕大会上，蒙古族群众聚集在草原，用祭祀的方式感谢大自然的哺育之恩,还要进行“好汉三技艺”比赛，充分展示蒙古族男儿骁勇善战的尚武精神，这也是那达慕大会最吸引眼球的竞技项目，自古以来倍受蒙古族群众的喜爱和推崇。

海西州那达慕在2008年被国务院列入国家级非物质文化遗产名录，使这项民间活动更加惹人注目。来自全州各地前来参观那达慕的游客充满期待，被邀请前来参加本届那达慕的其他友好省区、州县的蒙古族健儿们更是摩拳擦掌，想着在那达慕大会上一显身手，扬眉吐气。

“好汉”厉兵秣马，急不可待。我也是心驰神往，想再次身临其境，大饱眼福。今年的那达慕会是什么样子，会有什么样的彩头呢？带着这样的疑问和好奇，那达慕开幕式头一天我就约好了亲朋好友，一起来到了都兰县。

8月8日黎明，我们驱车离开都兰县察汗乌苏镇，沿着109国道赶往那达慕现场。一路上播放着海西蒙古族青年歌手来国庆演唱的《吉祥如意的日子》：

喜鹊唱醒了牧人的甜梦
阳光洒下了美好的祝愿
当草原开满鲜花的时候
那就是吉祥如意的日子
姑娘们换上了漂亮的衣裳
小伙子骑上了心爱的骏马
亲爱的朋友
请喝一碗马奶酒
这里鸟语花香
这里歌舞升平
这就是吉祥如意的日子

是啊，对于每一个蒙古族同胞而言，不论他来自草原，还是来自城市，一年一度的那达慕，已不仅仅是草原的节日，而是整个蒙古族的节日，这个节日处处歌舞升平，事事吉祥如意。

一个半小时后，我们乘坐的小车像一叶扁舟，带我们驶入了海洋一般辽阔的巴隆草原。在草原深处，天地相接的地方，眼前突然浮现出一道银光，仿佛是遥远的地平线，仔细望去，才发现那是一排排整齐的蒙古包。又行驶了 1 个小时，终于抵达了那达慕停车场。这时天刚蒙蒙亮，会场外已是车水马龙。来自四面八方的牧人、参赛选手、宾客和慕名而来的游客，已经云集在这新建的草原蒙古包城。

8 月是一年中草原最美的时节，巴隆草原碧草如茵、百花争艳。清晨，悠扬的马头琴音乐萦绕在那达慕会场的上空，身着节日盛装的牧人和游客，个个脸上都洋溢着幸福的笑容。

上午 10 时，海西州第六届那达慕大会暨第十一届孟赫嘎拉文化节隆重开幕。

主会场气球高悬，彩旗迎风，歌声飞扬，巴隆草原沉浸在节日的喜庆氛围中。来自全州七个地区、州直机关和青海省黄南州河南蒙古族自治县、甘肃省肃北蒙古族自治县代表队的健儿个个精神抖擞、气宇轩昂地步入主会场，他们将在大会上一决高下，赢得荣誉，分享快乐。

入场式有条不紊地进行着。各个代表团经过那达慕会场中央时都把精心编排的特色节目亮相给热情的观众，惹来观众阵阵掌声和喝彩。这时，独具青藏高原德都蒙古特色的服饰队闯进了我的视线。身着绚丽多彩、雍容华贵的节日盛装的男女在德都蒙古长调的伴奏中进入主会场，他们时而步伐整齐，时而舞姿优美，引得手拿“长枪短炮”的摄影师们忙得不亦乐乎。

嘹亮雄壮的国歌声和冉冉升起的五星红旗拉开了开幕式的帷幕。随后的那达慕祝颂词仪式中，德高望重的颂词人以他浑厚的声音朗诵那达慕祝颂词，祈愿年年风调雨顺，岁岁国泰民安，美好生活吉祥繁荣，预祝那达慕圆满成功。

开幕式结束后，上演了一场精彩的文艺节目演出。整场节目以歌唱伟大祖国、颂扬美好生活为主旋律，尽情展示着草原儿女追求幸福生活、向往美好未来的心愿与情怀。悠扬的德都蒙古长调赢来观众阵阵掌声，各代表团的演员们精心准备，献出各自的绝活儿。欢快的安代舞、激情的萨沃尔登精彩纷呈；马头琴协奏曲《万马奔腾》把演出推向了高潮，小伙子们的激情演奏令人热血沸腾，让素日宁静的巴隆草原顿时变成了欢乐的海洋。

午后，那达慕的各项比赛开始了。虽然烈日炎炎，但参赛选手和热心观众不顾强烈的紫外线照射，提前赶到每个赛场。

走马和速度跑马比赛还没开始，赛马场已是人山人海。赛道两旁的观众里三层外三层围了个水泄不通。观众们在猜测哪个代表团的马会获得第一，相互打赌，争得面红耳赤。

赛场上的跑马昂首腾蹄、英姿飒爽。比赛开始了，骏马奔驰而来，马鬃在疾风中飘逸，骑手们扬鞭催马，像展翅的雄鹰飞驰而过，欢呼声、喝彩声、口哨声此起彼伏，整个草原沸腾了。不一会儿，获奖的骏马脖颈上搭满了吉祥的哈达和绚丽的彩绸，主人更是春风得意地向观众挥手致意。

看完赛马又去看摔跤。摔跤可不是一般的体力竞技，笨手笨脚的新手若遇上经验丰富的搏克，那可就惨了，他会像老鹰抓小鸡一样把新手举到空中，转上几个圈再把他扔到几米开外，被摔的新手爬起来头晕眼花站都站不稳。参加比赛的搏克分成两到三个组进行循环淘汰，最后再进行冠军争夺赛。

二十几个威风凛凛、身材魁梧、身着昭达格、脖子上挂着五彩飘带的蒙古汉子，在裁判员的指令下挥舞双臂、跳着鹰舞入场，向四周的观众、裁判员行礼，比赛双方握手致意后就开始了真正的体能和智慧的较量。搏克们一对一的对决，一次次把观众的心提到嗓子眼上，随着激烈的比赛，有的喊“加油”，为心中的好汉呐喊助威；有的唉声叹气，为落败的搏克惋惜。连续获得几届那达慕搏克冠军的摔跤手被誉为阿武尔顾搏克（勇士），挂在脖子上的飘带数量代表着他的荣誉。

射箭比赛也是那达慕的精彩技艺。我急急忙忙赶到时，比赛正进入白热化阶段。一个身着蓝色蒙古袍子，身材高大、风流潇洒的小伙子正在拉弓瞄靶，那弓拉得像满月，只听“啪”的一声，围观的人们就兴奋起来了，“中了！中了！”整个场子一片欢腾，射箭手得意地举起弓原地跳了三下，为自己喝彩。

傍晚时分，那达慕大会的晚宴开始了，热情好客的主人端出手抓羊肉、蒙古油饼和鲜美的奶制品等美味菜肴款待远方的客人。蒙古包里坐满了来自内蒙古、新疆、甘肃和其他州县的贵客，大家开怀畅饮、把酒言欢，杯盏交错，载歌载舞，宛若人间天堂。

足迹遍及世界六大洲，走过60多个国家，在世界音乐圈内享有盛誉的杭盖乐队也来为那达慕助兴了。杭盖乐队是国内顶尖的蒙古族摇滚乐队，其歌曲更被广大蒙古族同胞所追捧。乐队主唱胡日查就出生在巴隆草原。夜幕降临时，杭盖乐队的专场音乐会开始了。胡日查尽情地为故乡歌唱，一首《希格，希格》，好似一匹脱缰的烈马，使观众激情澎湃，同胞们不遗余力地为他欢呼、呐喊，音乐的浪潮一浪高过一浪，观众的激情一次又一次点燃。

音乐会之后，主会场燃起了篝火。火红的篝火映红了那达慕的夜空，不同民族、不同职业的男女老少层层围绕着篝火，踏着欢快的音乐节奏，手拉着手跳起了古老的安代舞。草原在狂欢，草原已无眠。顿觉天地皆醉我独醒，宁卧草原不慕仙。

啊！那达慕，叫我怎能不恋你?

过年往事

快过年了,第一次有了不知道该到哪里去过年的困惑，突然感觉，自己好像是一只迷失方向的小舟，在大海中找不到归家的航标。每逢佳节倍思亲，自从生我养我的那两个人走了以后,我深深地感觉自己像一个无家可归的孤儿。

这两天，同事们开始忙碌年前的事情，有的及早准备年货，有的提前预订往返机票或车票，有的已经请好假，踏上了回家的路，准备与远方的父母、爱人或亲人过个团圆年。

记得小时候，最高兴的事莫过于过年。过年是件望眼欲穿的事情，小朋友们聚在一起经常议论“怎么还不过年啊？”因为，只有过年，才能吃上香喷喷的饭菜、甜甜的美食和糖果，可以美美地吃一顿饱饭，也才能穿得上一年只有一次想了又想的新衣裳。过年是盼星星盼月亮望眼欲穿的等待。

在我们那个年代，经常看《南征北战》《奇袭》《打击侵略者》《英雄儿女》等爱国主义题材的电影的缘故，小小的我特别向往能穿上一身绿的军装。

有一年，春节快到了，父母开始忙活年前的事。额吉唠叨父亲：“查干萨日都临近了，你就知道你们公社的那些事儿，家里的事你从来都不操心，我一个人根本顾不过来。这几个孩子过年的新衣裳还没定做呢，这事儿我又弄不来，你说你，到底管不管啊……”那时候，我家居住的公社离县城70多公里，公社里就有一个小商店，里面的东西没多少，也就是些简单的日用品，百货类的一般都是锅灶用品、暖瓶、脸盆、毛巾等，再就是一点糖果一类的食品。没有过年穿的新衣裳，更谈不上童装。公社院里的人们一般都到近十里以外的茶卡镇，去找裁缝铺定做衣裳。

听了我额吉的这番唠叨，阿爸有点紧张了，连忙说道：“是啊，是啊，我这两天尽快去茶卡镇定做。”听到阿爸和额吉谈论准备过年的事，我高兴极了，立马跑过去找姐姐说：“姐姐，阿爸和额吉刚才说过年的事，额吉还唠叨阿爸怎么还不给咱们做过年的新衣裳。”姐姐听了也很兴奋地回道：“是不是啊，太好了，要过年了，可以穿漂亮的新衣裳喽。呵……呵……呵……”说着说着，便进入了梦乡。

第二天一大早，阿爸叫我起床：“乖儿子，快起床。一会儿吃上早饭，阿爸带你去茶卡镇给你们姊妹定做新衣裳。”听到这番话，平日里爱睡懒觉的我，“嗖”的一下就从羊皮被窝里钻了出来，高兴地喊：“阿爸，阿爸，我要穿绿军装，就像解放军叔叔那样威风。”阿爸不慌不忙地说：“好的，好的，就给你定做像解放军叔叔那样的绿军装，好了吧？”额吉也在一边催促我：“快穿衣服洗脸，吃完早饭与你阿爸去镇子做过年穿的新衣服。”姐姐跑过来悄悄在我耳边提醒道：“别忘了姐姐昨晚给你说的，你和阿爸要给我选最漂亮的花布做新衣裳。裤子嘛，你们看着办，只要不难看就行。”

高原的冬天平日非常寒冷，或许是快过年了，春天的脚步已悄悄踏进了柴达木的腹地，那天的太阳，感觉比往常显得更大更圆，金灿灿地照耀着茶卡草原。远处看见几户牧人家的炊烟正在袅袅升起，蒙古包前几只小羊羔和小牛犊嬉戏奔跑着，公社家属院西侧的杨树林中也传出叽叽喳喳的麻雀声，这一切，仿佛在告知天下："大地已复苏，春天已来临。"

到了早上的 10 点多，阿爸推着公社配给他的自行车叫唤我："乖儿子，快点，我们走。"然后轻轻地将我抱到自行车的前杆上斜坐好，自己骑上自行车，我俩便驶向远处的茶卡镇。

自行车在乡间的沙石路上快速地跑起来，望着前方望不到尽头的路，我的心就像天空的鸟儿一样早就飞到了茶卡镇，即便是因为颠簸的时间过长，我的屁股感觉有点疼，但心中一想到那一身绿色的军装，什么疼痛都能坚持。一个多钟头后，我和阿爸到达了目的地。

当时的茶卡镇不大，但也是进出聚宝盆——柴达木盆地的东大门，109 国道从茶卡镇的东头一直穿到了最西面，也是小镇的主街，东来西去的汽车、骑着马牵着骆驼的牧人，还有骑自行车的人们来回穿梭在仅有的这条街上，络绎不绝。街面上，摆着小摊做生意的小贩的吆喝声和挑三拣四砍价购置年货的人们的声音此起彼伏，好不热闹。或许，这就是那个年代“过年”带来的最活跃的贸易景象，也是我记忆深处最热闹的过年的情景。

街道的东南方有几家裁缝铺子，阿爸带着我走进一家裁缝铺，进门就迫不及待地询问：“有没有草绿色的布料，就是解放军军装的那种颜色？”正在制动缝纫机，斜戴老花镜的裁缝看了我俩一眼，说了一句“没有”。而后，阿爸带着我问遍了后面几家剩余的裁缝铺，都说没有草绿色的布料。听到“都说没有”四个字，我害怕穿不上向往已久的绿军装，便伤心地掉起了泪珠，阿爸看见我哭了，也有点着急，一边给我擦眼泪一边安慰我说：“乖儿子别哭，阿爸会有办法的，你会穿上解放军叔叔那样的小军装。”

我想，阿爸也没料到买不上绿色布料，他抱着我想了想说：“有了，有办法了，我们快走。”说完就带着我走进了茶卡镇最大的百货商店。至今我还记得商店门前的山墙上写着的“发展经济，保障供给”八个红色大字。走进百货商店，阿爸找售货员问：“同志，有没有染布料的颜料，绿色的？”售货员是个年轻的阿姨，服务很热情，微笑着对我俩说：“有，你们需要几袋？”阿爸赶快回应道：“要两袋！”

买好绿色颜料，阿爸带着我又返回那家裁缝铺，向那个斜戴花镜的老裁缝问道：“有没有白布料？”那个裁缝又看了看我俩说：“有，用白布料做什么？”阿爸说：“你给我儿子量一量，给他做一身有四个衣兜的小军装。”老裁缝不解地看了看阿爸，阿爸给老裁缝做了一番解释后，他就按着阿爸的指示给我量了尺寸，拿起一个小本子记下了一串数字说：“好了。”然后透过老花镜向我眨了眨眼睛，好像暗示我说：“小鬼，这下你该满意了吧！”订完我的绿军装后，阿爸和我又给姐姐、妹妹定做了新衣裳。不知不觉几个小时过去了，太阳已经斜向西山，阿爸又带着我骑上自行车踏上了回家的路。

过了一个多星期的时间，有一天，在外玩耍了一下午的我刚回到家，正准备拿牦牛尾巴掸子清理衣服上的土，额吉手拿着热毛巾擦了擦我的脸说：“我们家宝贝还知道回家啊？”然后用慈爱的眼神指了指屋外的晾衣架说：“喏，那是什么？”我顺着额吉的眼神望去，已经染上颜色的绿色小军装挂在晾衣绳上，在晚风的吹拂下来回晃动着，似乎在向我招手。我兴奋地跳了起来，喊道：“我的军装做好了！”喊声也惊动了隔壁邻居家的小朋友们，都过来凑热闹看新衣。顿时，我发现，几个小男孩用羡慕的目光看着我的新军装，嘴里喊着：“爸爸，妈妈，我也要。”一个个跑回了家。

没几天的工夫就到除夕了，阿爸与往年一样，还在忙活他们公社里的事情，眼看就快天黑了，可阿爸的人影还见不着。姐姐和我帮着额吉准备大年三十晚上要吃的饺子，额吉还煮了些新鲜的羊肉，热气腾腾的羊肉装在脸盆大小的盆子里摆在饭桌的中央，四周还摆了几碟子糖果、瓜子、红枣一类的干果食品，我和姐姐比赛着捏饺子，不一会儿就把额吉擀好的面皮子给包完了。

当我们把大年三十晚上吃的饭菜收拾得差不多的时候，阿爸也忙完公社里的事情，推着门进来了。看见阿爸，我和姐姐抢着跑过去，抱着阿爸的腿说道：“阿爸，阿爸，我们帮额吉准备好了今晚吃的饺子。”阿爸高兴地说：“好孩子，我的好乖乖们，帮得好。一会儿阿爸下饺子给你们吃。”这时我想起了新军装的事，冲着阿爸嚷嚷道：“阿爸，阿爸，我要穿我的新衣裳，我要穿我的新军装。”阿爸一边抱起我一边亲吻着我的额头说：“好好好，穿上你的小军装。”这时，姐姐抢着说：“别让弟弟先穿新衣裳，等吃完饺子再让他穿，要不然他又要弄脏新衣服了。”阿爸和额吉一起笑着说：“是啊，你姐姐说得对，先吃饺子，等吃完饺子再穿你的新军装，呵呵……”

吃饺子前，阿爸带我燃放了鞭炮，吃完饺子，屋外天色已经完全黑了，偶尔传来邻居家吃年夜饭前燃放的鞭炮声。晚饭后，额吉开始忙活着为我新军装的领口缝红领章，阿爸坐在炕上给我的小军帽钉帽徽，一枚崭新的红色五角星。我在一旁蹦蹦跳跳急着要穿新衣裳，心想着一会儿要在小朋友面前显摆显摆。大约一刻钟，阿爸和额吉同时说：“好了，好了，乖儿子，快穿上你的新军装给我们看看。”高兴得我手忙脚乱不亦乐乎，姐姐也过来帮着我穿衣服穿鞋。也不知阿爸什么时候给我准备的，只见他从炕头上拿出来一条皮腰带和一只木质玩具小手枪说：“儿子，快把这些也系上。”我迫不及待地穿好新衣服，系上皮腰带，衣兜里还装了些有意弄散的小鞭炮，一手拿着小电筒，一手握着玩具手枪，喊着：“过年喽，放炮喽，冲啊……”便跑出了屋门，阿爸和额吉在身后喊道：“慢点，小心摔倒！”

杨　林

茶卡：高处一片青盐世界

走进柴达木盆地

杨林，男，蒙古族，青海德令哈市人，毕业于内蒙古民族大学物理系。青海省作家协会会员。海西州委宣传部外宣办主任。发表了大量的诗歌、散文、摄影作品，散文《三江源，我生命的文化摇篮》《神秘的巴尕沙岩画》，摄影作品《三江源》等获省内外各种奖项，专著《神奇的柴达木》被评为2012年“旅游类优秀图书奖”。

茶卡：高处一片青盐世界

亿万年前，印度板块与欧亚板块相碰撞，导致了原来位于海底的青藏高原逐渐抬升形成。在地壳抬升的过程中，一部分海水留在了一些低洼地带形成了湖，茶卡盐湖就是其中之一。

据中国科学院青海盐湖研究所樊启顺介绍，在距今约15000年的晚冰期时期，茶卡盐湖还是一个淡水湖，随着地壳运动以及气候的不断恶化，茶卡盐湖的面积开始慢慢变小，许多盐分沉积在了湖底，形成了盐湖。随着时间的推移，湖泊的咸化程度越来越高，再加上受茶卡盐湖地区半沙漠干旱大陆性气候的影响，就成了今天的茶卡盐湖。

与其他盐湖相比，茶卡盐湖是一个固液态共存的卤水湖，盐湖底部有一层厚厚的石盐层，盐板上覆盖着一层浅浅的卤水。这样，人站在石盐层，就像浮漂在水面上一样，再加上雪山、蓝天、白云的倒影，营造出了一幅美轮美奂的画面，也因此有了“天空之境”的美誉。

不仅如此，茶卡盐湖的盐也与其他盐湖的盐不同。茶卡盐湖出产的盐是一种颗粒细小的方斗盐，因为每一颗盐粒都是方斗形状的，所以这种盐也叫斗子盐。这种盐开采很方便，直接用勺子舀出，晒干就成。我省文史学者程起骏说：“这种盐，晶大质纯，盐味醇香，是理想的食用盐。”目前已探明，茶卡盐湖的盐储量极高，可供应全国人民食用八十多年。

多年来，老百姓在享受着盐湖馈赠的同时，也为这里留下了许多鲜为人知的历史文化。

据《汉书·地理志》记载：“临羌……有西王母石室、仙海、盐池。”人们普遍认为，汉书上写的盐池，就是位于柴达木的茶卡盐湖，这里就是青盐最早、最大的出产地。

在茶卡盐湖，蒙古族牧民把青盐叫“布克力柯克达布逊”，意为带着青色方块的盐。据茶卡盐湖的负责人介绍，这种青色的湖盐，含有特殊的古生物衍化元素，营养和口味十分独特。

只可惜人们对青盐认识不足，认识不足到了以为青盐就是“青海盐”的地步，致使具有独特风味的青色的盐，现在很少被食用，人们总以为颜色越白的盐，越是地道的青盐，这与几千年的青盐文化大相径庭。

但柴达木本地人对青盐的特别之处自有了解。用青盐腌菜，菜不容易烂；用青盐煮手抓肉，手抓肉的味道特别香。明朝医圣李时珍在《本草纲目》中称："西海有盐池，所产青盐即可明目、消肿。”这给茶卡盐湖的盐给予了极高的评价。

茶卡盐湖，位于柴达木盆地东边，距今已有3000多年的开采史，是盆地最早得到开发利用的盐湖，也是盐湖历史文化的发源地之一。它悠久的历史，最早可推到秦汉，《西宁府新志》上有过这样的记载："在县治西，五百余里，青海西南……周围有二百数十里，盐系天成，取之不尽。”早在《汉书》《晋书》《隋书》的地理志中，就多有记载。唐代的史牟是个有名的不徇私情的“清官”，贞元十六年，他以金部郎中的身份去主管盐务。据《国史补》记载，史牟刚刚对盐池进行了改革，他有个十几岁的外甥跟着他去检查盐田，回来时捡了一颗青盐。史牟知道了，便立刻将外甥杖杀。当他的姐姐哭着跑来相救时，已经来不及了。在《本草纲目》《红楼梦》中，都有青盐药用洗漱的记载。

清朝的乾隆皇帝，漱口食用都少不了它。据说，有一次进膳时味道欠佳，乾隆发怒，追问御厨，御厨只得实情相告，战乱断了宫里青盐的来源。乾隆当即下令大开青盐，于是乾隆二十八年制定了《盐律》，大约从乾隆二十八年（公元 1763 年）开始，清朝政府设立了盐务局，组织对盐湖进行大规模开采，并储藏官府垄断经营下的茶卡盐。盐务局的设立是清政府开始对青海茶卡盐湖垄断经营的标志。

古籍中，对茶卡盐湖的记载很早。茶卡盐湖古称咸池、盐池。屈原就曾写下“饮余马于咸池兮，总余辔乎扶桑”的诗句，这说明早在战国时期，咸池已经被人们所熟知。“《史记·天宫书》中有西宫咸池的记载，这里的西宫咸池是一个古星座的名字，代表西方星空，这与茶卡盐湖的方位吻合，这说明古代对咸池很看重。”程起骏说。

《汉书·地理志》记载：“临羌（今湟源县）西北至塞外，有西王母室、仙海（今青海湖）、盐池（今茶卡盐湖）。”书中还记载，盐池原是西羌故地。于是很多人推测，早在 3000 年前，生活在这里的羌人就对盐池有了原始的开发利用。

2007 年，全国第三次文物普查工作展开，在离茶卡盐湖不远的地方，考古工作者发现了一处 4000 多年前的古文化遗址。海西蒙古族藏族自治州民族博物馆辛峰说：

“遗址被沙石和泥土覆盖，经过雨水冲刷后，有许多砂质陶残片出土。经过鉴定，这是一处距今有4000至4500年的诺木洪文化遗址。这说明，早在4000年前，青海先民们就生活在茶卡盐湖周边。”

景颇族生活在云南省德宏傣族景颇族自治县。景颇是羌语，意思是挖盐的人。按照景颇族创世史诗《日瑙斋瓦》里描述，景颇族原是羌人中的一支，他们就是茶卡盐湖的挖盐人。“先秦时期和两汉时期，甘青地区的羌文化就曾南移。也许就在那样的机缘下，茶卡的挖盐人一路南下到了云南。”程起骏说。

茶卡还是丝绸之路青海道和唐蕃古道上的要冲。“不管是要远行到西域，还是到西藏，往来的商旅都要经过茶卡。漫漫长路上，所需的盐就在这里补充。在离茶卡只有50公里的地方，就曾出土过东罗马金币。”程起骏说。

因为盐，茶卡地区也成为许多政权必争的地区。

汉武帝就曾派霍去病“破匈奴，取河西地，开湟中”，之后设置了护羌校尉，这样不仅可以管理和制约羌人，同时还可以取得很多的盐。

为了获取更多的盐，西汉元始年间，王莽派遣了中郎将平宪等人，到达鲜水（今青海湖）和盐池。《青海通史》

记载，平宪等人带着大量的金银财宝，诱惑茶卡盐湖周边的羌人首领，自愿归附新朝，献上土地，并向朝廷提供所需的食盐。在诱惑不成的情况下，又威逼羌人。慑于武力，羌人只能俯首称臣，同意让出鲜水和盐池。王莽得到西海后，设立了西海四郡，控制了盐的出入。

之后的很长一段时间内，茶卡盐湖所产的盐源源不断地运往各地，解决了许多地方食盐不足的情况。

海西州乌兰县茶卡镇附近的蒙古族同胞举行茶卡盐湖祭礼活动。盐湖祭礼，是古老盐湖文化的一种。

每年农历五月十五，白刺花如雪的季节，茶卡盐湖周围的蒙古族同胞都要聚集在一起，举行茶卡盐湖的祭敖包活动。长长的摩托车车队，显示了盐湖祭典广泛的民间基础。摩托车上柏树枝和红柳枝的装饰，记录着盐湖祭典的古老色彩。各种祭品，不断堆积，表达着人们对盐湖之神的虔诚和拥戴。

据说，茶卡盐湖原来有三个敖包，与三个蒙古部落有关。后来合在一起，专门祭盐湖敖包神。茶卡盐湖庆典活动，是以喇嘛的诵经为主线而贯穿起来的。

首先，通过诵经，对人们所献的礼物开光，或者说对所献的礼物进行净化。这些礼物被称作“五保包”“五保瓶”，还有青稞、酥油、饮品等。“五保”是保护东南西北中的万事万物，反映了人们心目中盐湖之神的神通广大。随着人们陆续地到来，“五保”礼品越积越多，装满的炒青稞一袋又一袋。

临时供奉盐湖之神位的是一顶白色小帐篷，五彩缎子旗表示这里是神祇所在地。奶酪、酥油、酥油灯是神圣的供品。

茶卡盐湖的神灵，在人们的心目中是一个什么模样呢？其神像就供奉在喇嘛诵经的白色帐子里。不看不知道，看一眼，你就会终生难忘。

茶卡盐湖的神灵是一位女神，名叫卓玛白丽多姆。唐卡画像中的她是那么美丽慧能，眼神透露着与生俱来的聪明智慧。她的神情，带着包容和慈祥。盐湖生生不息，就如母性一样孕育万物。原来，在民间的精神世界里，她是这般模样。

由此，盐湖文化在我心目中升华了。

海螺声中，人们给敖包加木；诵经声中，人们给敖包缠绕绳子；“汉尔加勒”的喊声中，人们把礼物抛向敖包顶部，或藏进敖包的中部。这些无尽的心愿，是祈祷盐湖永远年轻；缠绕上无数的哈达，是希望盐湖之神永驻柴达木。

参加盐湖祭典归来，给我留下最深刻印象的就是盐湖女神画像。慈祥智慧的眼神一直触动着我内心最温柔的情感，让我觉得盐湖更加具体可感，平易近人。

走进柴达木盆地

知道柴达木盆地是从小学的课本开始的。从那时起，一直在想象那里为什么叫聚宝盆。翻开地图，发现神秘多彩的柴达木盆地竟然大部分都是荒漠戈壁。踏上这片阳光洒满的热土，发现这里简直就是盐的世界，有察尔汗、茶卡、柯柯等 33 个盐湖，地面有盐、地下有盐、水中有盐、土里有盐，甚至公路也是用盐铺的，难怪柴达木在蒙古语里就是盐泽的意思。据说，目前探明盐的储量为 600 亿吨，位列世界盐矿之冠。这些盐可以在地球和月球之间架设一座 6 米厚 12 米宽的盐桥，可供全世界的人食用 2000 年。

除了储量惊人的各类矿藏外，这块神奇的土地还储藏着另外一种宝藏，那就是柴达木文明遗迹和远古而神秘的自然遗存。万山之祖昆仑山、神秘的外星人遗址、具有东方金字塔之称的都兰古墓群、叹为观止的魔鬼城以及古海洋遗迹，它们沉睡在这八百里瀚海当中，等待人们去探知。

2010 年 9 月底，青海省体育局组织柴达木盆地徒步探险活动，路线从昆仑山附近 109 国道旁的诺木洪出发，沿狼牙盐碱滩、原始梭梭林、雅丹地貌、托素湖、柯鲁克湖到达 315 国道，全长近 140 公里。沿线不但有戈壁大漠、贝壳山、海虾山、魔鬼城、外星人遗址、高原咸水湖泊等景观，甚至还会遇到狼、熊等野兽，40 多名户外活动爱好者和媒体记者在青海省登山协会工作人员的带领下，领略了柴达木的神奇魅力。此次徒步探险活动不仅以体育的方式探险柴达木、揭秘柴达木，走出一条符合低碳生活、绿色发展的“激情穿越柴达木”之路，同时，以体育的名义向世人传播身居三江源地区的高原人民敬畏大自然、爱护大自然的思想。

悲情梭梭林

就在这生存都极难的戈壁，梭梭居然还能开出一些小碎花来。这些小花虽然没有内地鲜花那般美丽的特质，但我觉得它是绝美的，因为它所绽放出的实在是生命的神奇，虽然那么小，却装扮着无生命气息的戈壁大漠，让人觉得它是那么努力、那么光彩。

梭梭是一种什么样的植物？在走进柴达木前，我对其一无所知。资料显示，梭梭是一种古老的树种，属落叶灌木，生于戈壁荒漠中，是盆地、沙漠中生长的最佳植物。它是一种在大漠中用悲壮演绎生命精彩的植物，是看一眼就会终生难以忘记的植物。如今的诺木洪额木尼克梭梭林是柴达木盆地保护最完整的原始梭梭林带，也是青海省唯一的省级梭梭林自然保护区。

和其他的沙漠植物一样，梭梭几乎以匍匐的姿态在大漠里生存着。其实我认为这是一种战斗的姿势，是随时与风沙做斗争的姿势。而且每一株根据环境不同又都做出不同的姿势来，有的叶子长一些，有的根系长一些，每一株的姿势都是那么动人心魄。令人惊讶的是，在沙漠戈壁到处都是梭梭的残骸。在与风沙的抗争中，不断有梭梭死去，但是死去的梭梭根部依旧紧紧抓住一堆沙子，缝隙里有嫩芽正迎着风努力向上。在柴达木腹地的魔鬼城，我看到了一个沙丘，沙丘是由梭梭的残骸组成的，在这个弥漫着死亡气息的沙丘上，每一株死去的梭梭都极力向着蓝天，根深深扎进了沙丘中，沙子被牢牢固定住了。站在沙丘跟前许久，一种悲壮油然而生，感觉眼前就是一个尚有零星枪炮声的战场。于是，脑海中便浮现出古罗马斯巴达克起义时奴隶们不畏强暴、前仆后继，用尸体铺就通往自由之路的场景。

9 月 19 日，天很晴，青海省体育局的领导将大家送到戈壁边，并举行了一个简单的、具有悲壮色彩的出发仪式。不久，戈壁滩上就刮起了大风，队伍行进在梭梭林中，不远处就是狼牙盐碱滩。特殊的地貌，使偌大的盐碱滩上布满了密密麻麻的“狼牙”，让行者不敢涉足。盐碱滩上偶尔能见到一两块已经完全凝结的盐湖，像冬天结了冰一样，在强烈的阳光下发着刺眼而苍白的光。慢慢地，风力级别不断提高，烈日的毒辣程度也在上升，队员们挥汗如雨，气喘如牛。因为有了梭梭的阻挡，风的肆虐程度大大降低，但是肆虐的风发出极不情愿的嘶吼声，加重了人在大漠中的悲壮感。在这种生物生存概率极低的地方，人们甚至能闻到死亡的气息，然而梭梭林的出现，多少给了人们一些心灵慰藉。

这种植物确实令人敬佩，它汲取着苍天给荒漠极少的一点含有盐碱和矿物质的雨水，奇迹般地生存着。更令人惊奇的是，就在这生存都极难的地方，它还能靠着仅存的一点水分，开出一些小碎花来。梭梭的枝干和根部非常苍劲，而叶子却是那样鲜嫩和亮绿，花又是那样令人感动，这就是这种植物的伟大之处，尽管身处荒漠，依旧努力地活着，而且活出了精彩和美丽。

我仔细端详梭梭的枝条时发现，它的枝干长得坚决而铁硬，不容撼动。为了减少水分的流失和抵御风沙，梭梭的嫩枝叶片呈现出绿色有关节的细条，第二年，绿色叶片就会退缩成紧贴枝条的鳞片。每一株梭梭都长成了虬龙一样的姿态，沧桑而遒劲，我想这完全是为了抗击风沙的需要。有的梭梭就是在这样的姿态中死去的，留下一个挺立的脊梁和无尽的悲壮。

在徒步前行的路上，我发现了一个细节，随行的几名海西州蒙古族工作人员，他们时不时地拿一个空水瓶努力地想滴出几滴水来给干渴的梭梭，看得出他们对梭梭真挚的情感。在与漫天黄沙相伴的岁月里，梭梭就是牧人心中的绿洲，就是绿色的慰藉。

蒙古族小伙焦尔格图告诉我，他从小就生活在戈壁滩上，而且家就在附近，知道梭梭的重要性。干枯的梭梭是非常棒的燃料，可以抵御冬日的严寒，也可以用来垒羊圈、骆驼圈，嫩枝还可做饲料。而且聪明的蒙古族牧民通过实践发现，烧烤梭梭的嫩枝叶就会生成油灰，把这种灰当鼻烟吸能治脱发。

下午，很多队员的水提前喝完了，但风正大、日头正烈，大家坐在梭梭的阴凉下再也走不动了。于是，青海省登山协会的高队长只好决定停止前进，提前在梭梭林中扎营。

魂惊魔鬼城

突然，“魔鬼”挟漫天的黄沙滚滚而来，天地瞬间一片昏暗，能见度骤降，风沙迷眼，队员之间互相看不到，随行的骆驼也发出一阵阵惨叫，不肯往前走了。40 多人的队伍似乎要被危机四伏的魔鬼城吞没……

夜里，大风在戈壁上东跑西闯，发出各种声响。一会儿像千军万马奔腾而过，一会儿又似狼群在追逐猎物那样惊心动魄，队员们蜷缩在帐篷里胆战心惊地度过了一夜。由于我在扎帐篷时选择了梭梭的背风处，整夜，耳边都是梭梭发出的嘶嘶声。天刚刚亮，队员们就都起床了，风依旧很大，体育局后勤组的帐篷被风刮倒，物品被刮得满地都是。队员们顶着风收拾行囊，早饭是就着沙子吃的。

今天的行程是穿越一个20多公里宽的峡谷，这里是柴达木盆地具有魔鬼城之称的雅丹地貌。这种地貌在新疆罗布泊、甘肃敦煌等地也有分布，但随着人们对柴达木盆地的了解，发现我国面积最大的雅丹地貌分布区并不是最早发现的罗布泊地区，而是在青海省柴达木盆地，总面积达2.15万平方公里，是迄今国内最大的风蚀土林群，也是世界上最大、最典型的雅丹景观之一。因此，这里被称为是中国最壮美的雅丹地貌。多少年来，这种奇异的地貌流传出了很多诡怪陆离的故事，当我走进峡谷领教了大自然的鬼斧神工后，真的惊叹不已。

雅丹地貌是在风和雨共同作用下形成的一种特殊地貌，土质坚硬，呈浅红色，与柴达木青灰色的戈壁滩形成了强烈的对比，堪称自然奇观。据考证，柴达木的雅丹地貌群是7500万年前第三纪晚期和第四纪早期的湖泊沉积物，由于地质运动抬高，盐和沙凝结成的地壳被风侵蚀雕塑而成。因其奇特怪诞的地貌，加上这里长年飘忽不定的狂风，人在其中，听到的便是诡秘瘆人的怪叫声。而且更奇异的是，这里的岩石富含铁质，地磁强大，常使罗盘失灵，导致很多人因无法辨别方向而迷路，诸多因素使魔鬼城变成了迷魂阵，更加重了这里的诡秘色彩。

由于大风的不断剥蚀，风蚀的沟谷和洼地酷似颓废了的古城，里面“街道”交错，“楼群”林立，残垣断壁，危楼斜宫，风起时怪声阵阵，魅影重重，让人不寒而栗。所以，穿越怪石嶙峋、沟岔纵横、形如迷宫的雅丹地貌，不仅需要智慧，更需要胆量和勇气。

上午9点左右，队伍顶着大风一步步向魔鬼城走去。此时，我突然感觉有一种壮士一去不复返的悲壮。远处的地貌极像一座颓废的大城堡，林立的城堡高低不齐，参差错落。进入其中再看，千百万年来由于风雨剥蚀，地面形成深浅不一的沟壑，裸露的石层被狂风雕琢得奇形怪状，有的龇牙咧嘴，状如怪兽。有的危台高耸，垛堞分明，形似古堡。真是千姿百态，变幻无穷，令人浮想联翩。

大风在貌似城堡的雅丹中肆虐，加重了地形如梦如幻的陆离效果。突然，“魔鬼”挟漫天的黄沙滚滚而来，天地间骤然一片昏暗，能见度骤降，风沙迷眼，队员之间互相看不到，即使是随行的骆驼也发出一阵阵惨叫声，不肯往前走了。40多人的队伍似乎要被这危机四伏的魔鬼城吞没。形势突然紧张起来，大家不由地停止了脚步。因为这时稍有不慎，队伍就有可能分散，人员迷失方向。青海省登山协会的高队长和领队小严紧急召集队员清点人数，并要求大家排队行进,互相跟紧。此时,在怪石林立的峡谷中,肆虐的狂风不时发出各种怪叫声，有时如猿长啸，有时如战马嘶鸣，有时又如鬼哭狼嚎，这奇异的声响不由得让队员们心生寒意。大家一会儿被风吹得东倒西歪，一会儿又被风推着急速向前，整个行进过程异常艰难。更为惊奇的是，我发现指南针的指针竟来回乱转，根本起不到指示方向的作用。因为在风沙中，周围的地貌变化无常，无法做参照物，这不禁加重了大家的紧张感。即使是具有丰富户外经验的高队长和小严也不免紧张起来，不断用 GPS 调整方向，并一再要求队伍缩短距离，防止有人掉队。

随行的海西州干部杨主任告诉我，如果在这样的天气里迷路，那就是九死一生，因为这里沟岔纵横，地貌变化无常，无法找到参照物。据说，曾经就有八名女地质工作者命丧柴达木另一处被称为南八仙的雅丹地貌中。那是在柴达木盆地开发之初，八名女地质工作者进入雅丹地貌开展工作时，突然狂风大作，漫天飞沙走石，天昏地暗。由于她们互相看不到，也听不到各自的喊声，八个人很快被风吹散，迷失在沟沟岔岔中。生命的本能使她们奋勇向前，但是她们最终还是在魔鬼城里迷失了方位，殒命其中。半年后，有人发现三具女尸，但早已像木乃伊一样被风干，身下压着测量图和地质包。后来，人们为了纪念八位女地质工作者，便把这一带叫作南八仙。

在艰难进行了大约 7 个小时后，队伍终于甩开了风沙走到了峡谷的边缘，眼前也突然变得明朗起来。回头眺望，只见峡谷内依旧风沙弥漫，阴霾密布，危机四伏。脸上蒙了一层沙子的队员们相互看看狼狈的样子，庆幸地松了一口气。此时，所有惊魂未定的队员们已筋疲力尽，一屁股坐在地上不肯起来。

天快黑时，大家发现随行的几名警察突然紧张起来，背在肩上的枪也端在了手里，原来他们在对周围地形巡查时发现，附近的戈壁有狼的新鲜脚印。几名警察不敢大意，因为这个季节正好是狼和熊出没的时间，而且这个地方的狼和熊比较多。大家忙着扎营时，他们始终端着枪在四处巡逻。

他们是几名有着丰富戈壁工作经验的民警，沧桑写满了黝黑的脸庞。一路上他们侦查发现，队员们走过的地方布满狼的脚印。他们根据狼从高处突然俯冲的习性，将帐篷扎在一处垭口。夜里，几个人每隔一小时就持枪出去巡逻一圈，一直到天亮。

情迷外星人遗址

这些疑似工业文明的管状物，氧化铁成分占60%以上，还有一部分为碳和黄铁矿的胶结物，非人工所致。但令人难以置信的是，其中无法化验出的元素占了7%—8%……正是这些无法解释的原因，使外星人遗址充满了疑惑和神奇。

据资料记载，柴达木盆地人类活动的历史约有3万年之久，而且这几年当地不断出土一些兽骨、石器、陶器和青铜器等。而柴达木盆地托素湖畔的土层里发现了类似工业文明的管状物的消息很快震惊世界。这些既不可能是古代先民留下的，也不可能是现代工程材料的物体，被猜测为是外星人留下的建筑物。这个消息极具爆炸力，各类揭秘活动相继展开。随后，各界尽管对此也有了一些考察结果和说法，但是将信将疑的人们依旧对这里充满了向往。

9月23日，我们的探险队伍夜宿外星人遗址，度过了一个神奇的夜晚。

当天，队伍绕着托素湖行走了一天之后，精疲力竭的队员们终于看到了神秘的外星人遗址所在的巴音诺瓦山。同时，大家发现，疑似生锈的管状物在附近的山崖上逐渐多了起来，而且疑似金属碎片的物体也到处都是，天佑德队队长郭守明抢到两块酷似钢管的东西后惊讶不已。管状物最集中的是巴音诺瓦山山崖下，那里有一个三角形山洞。据说，刚发现时，山洞里还能看到几根粗细不等的金属，似乎是从山顶直接插入山体的，深不可测。如今，那些洞内露出的金属管已被人取走了，仅剩下锈迹和洞壁上的管口。洞外山崖上还有一些金属管的锈迹，以及到处散落的类似铁锈般的碎片。

外星人遗址发现之初就立即引起轰动，不少专家对此展开了调查，而且也众说纷纭。很多人认为，这里的外星人遗址是有理有据的。这里海拔高，空气稀薄，透明度极好，极易接受毫米波。而且被称为褡裢湖的托素湖和柯鲁克湖遥相呼应，是外星人从太空降落的明显标志。更令人惊奇的是，在巴音诺瓦山的背后，有一块异常平坦的非人力可为的戈壁滩，据说延绵百公里都处在水平线上，就像精心夯实的机场，被疑为是外星人飞行器的着陆点。

当时，这个外星人遗址也震惊了国内很多著名专家。2001 年，由中国地震局地质研究所、中国地质大学、核工业北京地质研究院等单位的科研人员组成考察队，奔赴托素湖，试图解开外星人之谜。考察队经过分析比较，化验最终认定，管状物的氧化铁成分占60%以上，还有一部分为碳和黄铁矿的胶结物，非人工所致。但令人难以置信的是，其中无法化验出的元素占了7%—8%。尽管专家们众说纷纭，但最终求同存异，认为这些物体既不是来自地球人，更不是来自外星人，只是一个刚刚被发现的地质之谜，而且经历了漫长的时光之旅，是上百万年之前，被洪水激流冲刷到托素湖一带，然后沉积在砂岩之中的。

随后，专家们再次展开激烈争论，又再次求同存异，认为管状物的形成同柴达木盆地几百万年前的古地质和古气候情况是分不开的。要揭开这一奇异现象的奥妙，就必须要再回到数百万年前，甚至更为久远的柴达木。专家们把目光投向距托素湖西北方向不到40公里的化石山，那里无数的海虾完整地镶嵌在岩石中，今天看来依然栩栩如生。说明在距今4000万年前，柴达木还是汪洋大海。后来的造山运动产生了青藏高原和世界屋脊喜马拉雅山，青藏高原和喜马拉雅山的不断隆升，导致了周围环境和气候的变化。专家认为，这种变化事实上正是托素湖神秘管状物形成的外部原因。

所有这些说法再加上自己所看到的景象，令队员们直咋舌，一遍遍进出于那个神秘的山洞，大家的想象已经飘飞到了遥远的太空。是夜，住在外星人遗址旁边的戈壁滩上，队员们似乎都异常兴奋，有的队员还开瓶畅饮，有的则对着皓月星空浮想联翩，队员们心里都有着别样的感觉，还有很多人都侥幸地希望能得到外星人的青睐。《新民晚报》的记者更是忘情地对着皓空大喊："外星人啊，请你把我带走吧！"

站在诺木洪的荒滩感受森林之魂

很多年前的一个傍晚，我独自站在诺木洪的荒滩上，在劲风瑟瑟中默默地注视着大漠落日，突然，眼前出现奇异的海市蜃楼，一大片森林渐渐地出现在眼前，那样的真切和真实，那一刻，我没有诧异，也没有大呼小叫，因为我相信，那是大自然对我的眷顾和启迪。

之后的有一年，我听说那里的吐谷浑古墓中发现了一千多年前的柏木。如今的诺木洪瀚海茫茫，大漠旷野，和森林联系在一起，这对现代人来说，多少有一些诧异和不可思议。但是，据考证，曾经的柴达木盆地古树参天，气候湿润。所以我相信，这里曾经是泱泱林海，而且如今在瀚海深处依旧存在着森林的踪迹，以至于我在徒步探险的一路，能不时看到森林留下的一些遗存，感受到那片森林存在的气息，甚至还有它们四处漂浮的灵魂。

在柴达木盆地，戈壁以令人羡慕的自由姿态在金色的阳光下存在着，一些稀疏的小树像岩羊一样攀上高高的山崖，我突然眼前一亮，莫非它们就是古森林的遗存，经过了自然的优胜劣汰法则，躲过人类贪婪的掠夺后出现在我的视野中，让我敬畏生命的伟大和坚强。

入侵，是件可怕的事情，今日逐渐消失的冰川和升高的雪线、日渐沉沦的草原、森林和湖泊……于是，寻找森林的想法在心中兀自神圣起来。因为，作为人类的一个个体，能像一位智者一样对地球生态、对人类未来给予终极关怀，我认为这缘于那片森林给予我的最初启迪。

行走在诺木洪的荒滩上，眼界十分开阔，眼前远远的一线绿色让我的心突然狂跳起来，莫非那就是我梦中的那片森林？很快，我便失望了，其实那是海市蜃楼，是远处村庄周围的树木折射成了戈壁上很长的一线绿色。那抹绿似乎存在于一片水域之上，亦真亦幻，让人怦然心动。我仿佛嗅到了那片森林的清凉，尽管它们以海市蜃楼的形态存在着，我坚信我能以别样的形式触摸到它们。我去过包括腾格里沙漠在内的很多沙漠和戈壁，但是身处诺木洪，心中却少了一份独处荒漠的恐惧和焦虑，多了一份宁静和肃穆，是因为我还坚信这里曾经存在的那片森林，以及那片不曾散去的森林之魂，一直抚慰着这片炽烈的大地。

在茫茫黄沙中行走，我突然变成了一个思想的巨人，思绪海潮般汹涌在脑海里，感觉自己就是千百年前屹立于此的一棵参天古树，身边绿潮滚滚，不远处古海湛蓝。后来，海洋退去了，周围的树在贪婪的斧锯声中应声倒地，随之绿色退去了，黄沙露出了狰狞的面目，而这棵大树却孤独地存在着，苦苦守护着最后一片清凉，将根深深扎入大地，遭受着恶劣气候的考验……

我为自己虚构的故事陶醉着，却不曾发现，一个惊人的机缘竟那样巧合地在前面等着我。

翻过一道沙梁后，我的脚踩在一块很硬甚至有点硌脚的沙地上，竟那样异样。强烈的好奇心驱使着我，于是，我停下来徒手刨挖脚下的沙子。当我将周围一圈的沙子刨去后，一截足有大碗口粗的树根露了出来，我的心开始狂跳，此前一直幻想着的森林会埋身于地下的沙地吗？我挥汗如雨，加紧刨挖，最后发现这棵树的根系居然盘桓了方圆几十平方米的地方，被我挖开的地方到处都是它的残骸。树的根梢已经严重腐化，轻轻一拨，竟像细尘一样随风消失了。根的主干依旧结实，被我刨挖出来的残桩依旧努力向着蓝天的方向。它还有多少根系深扎地下我不得知，它经历了多少岁月我也不得知，但是我分明感受到它尚且残存的气息。

我坐在树根旁边，思绪停顿了，幻想停顿了，想象力也没有了，一股莫名的悲伤装满了心房，我突然感觉我就像是坐在一片墓地里一样，周围此起彼伏的沙丘埋葬了多少古树的躯体啊？！

我起身离去，却再次在附近的小河里捞到一截腐朽的木头，于是，我彻底坚信，我梦中的森林确实存在过，只是我能见到的却是它们千百年不尽的遗骸，还有它们久久不肯散去的魂魄。

军　梅

母亲的大草原

山水海晏

来生做一棵树

军梅，女，1972 年出生，蒙古族，海晏县教育局干事。在《祁连山报》《金银滩》《河清海晏》发表诗歌、散文。诗歌《玉树之殇》《我是一朵马莲花》《我和我们》先后获奖。

母亲的大草原

每年暑假，我们都会坐着各种车到达那里。有时是班车，有时是运奶车，有时是便车。有一次，实在没办法，我母亲便央求父亲单位供销社的司机师傅开着手扶拖拉机送我们去那里。由于父亲上班很忙，师傅小董叔叔载着母亲、弟弟和我三人向那里出发。手扶拖拉机虽然成了我们的专车，但那时候的路况实在太差了，好多路段路面凹凸不平,像洗衣服用的搓板一样的 “搓板路”上颠簸了很久。有些路段干脆就是沙石路，我们仨就像随时被筛出簸箕的豌豆。尤其弟弟，一会儿颠到东，一会儿颠到西，平时三个小时的路程，我们走了整整一天，天擦黑才到。

要去的那里，就是我的外婆家——门源县苏吉滩大草原。这里居住的牧民以蒙古族和藏族为主，我母亲就是从这片草原走出去的蒙古族女儿。母亲是教师，那时候，我才上小学，弟弟还小，尚未上学。每年暑假，到了草原最美的季节，我们一家留下父亲镇守家门，坐上各种能够到达的交通工具回到草原，我最美好甜蜜的童年记忆就是从这里开始的。

即使坐在手扶拖拉机上，也毫无怨言，我和弟弟的心早已快乐得要飞起来了，而母亲则望着前方，眼睛里满是期待的目光。出了浩门镇县城，路过一块块金黄色的油菜花地，路过一块块绿色的青稞地、燕麦地，路过农庄田舍，从农区进入到牧区，再路过一个小山坡连着一个小山坡，路过零星散落在草原的冒着炊烟的黑色牦牛帐篷，我就知道，外婆家不远了。

田野退去了，眼前是一望无际的草原，密密匝匝的牧草像绿色的毯子一样，铺满了眼前的一切。毯子上开满了各色野花，叫不上名的鸟儿在我们头顶盘旋着歌唱，仿佛在欢迎我们的到来，远处野兔像闪电一样飞快地跑过，可爱的旱獭胖乎乎的，像人似的双手交叉着站在洞穴口，看到驶近的拖拉机，慌忙钻到洞穴里。还有骑着马放牧的牧人，不管男女看起来都很威风，多得数不清的牛羊在他们的指挥下乖乖听话。记忆中，天空那么蓝，阳光那么灿烂，而我们要去一个那么亲切有趣的地方，慈祥的外婆、外公等着我们，怎能不叫我们开心呢？

终于，不远处，看见两架山横亘在路前，母亲激动地说：“看，快到了，到盘坡了。”在我的意识里，盘坡这个地名就是那两架山，意味着外婆家快到了。一过盘坡，车向左一拐，进入草原腹地。这次，拖拉机直接开到了家门口。眼前，一排土房子，矗立在原野较高的地势。再近些，便看见外婆忙碌的身影，外婆在堆牛粪堆，而外公在打酥油。外公、外婆老远就看见我们来了，因为在草原，幅员辽阔，人员稀少，稍有动静就会传得很远。

一进屋子，从外婆手里端过奶茶碗，母亲此刻恢复了女儿的样子，不大像平时严格要求我们的母亲，她高兴地用蒙古语和外公、外婆聊着天，我和弟弟一句也听不懂，只懂叫我们吃、喝的简单词语。父母亲是蒙古族，但他俩常用汉语交流，我们从小便说汉语，不懂蒙古语，直到成年后才觉得这是我一生的遗憾。

出了外婆家，再往前走个二三十米，就是一段下坡，坡下又是一片平整的大草原。坡下有一眼清泉，是外婆家赖以生存的生命之泉。泉水对于外婆来说，是神圣不可亵渎的，经常教育我们不许践踏泉眼，不许搅浑泉水，取水时不许大声说话，要轻舀轻放。一次，外婆听见我和表妹取水回来，一路上大声说话，便说水不干净了，只能用来洗涮，不能用来煮饭喝茶了。外婆特别喜欢干净，见不得灰尘，家里什么时候都是清清爽爽、干干净净的，外婆就是这样讲究的人。

坡下的草原是一片狭长的平原，远处是一条银白色的哗哗作响的大河，顺着平原的走向流向远方，最终会流经我的家乡——浩门镇，称作浩门河。在外婆家的每晚，我们都听着河水的哗哗声入睡，偶尔远处传来一两声狗叫，让夜晚的草原显得更加静谧和安详。

那里，我和弟弟不知度过了多少有趣的童年时光啊！

最有趣的活动就是采蘑菇。草原上生长着一种珍贵的野生菌——黄蘑菇，蘑菇的伞顶嫩黄嫩黄的，散发着一股清甜的香味，是蘑菇中的珍品，躲在草丛中不易发现。黄蘑菇炒羊肉是一道美味的菜肴，而我们更愿意将新鲜采来的黄蘑菇烤着吃。先是洗净，切掉伞柄，只留厚实多汁的蘑菇伞盖，头朝下放在火炉边烤。等烤得汁水溢出来时，挤掉多余水分，再放入酥油、盐，趁酥油还没有彻底融化，赶紧撒上炒面，炒面要略高出伞盖，让它尽量吸收融化的酥油。一会儿，香气四溢，拿起来小心放入口中，一口咬下去，黄蘑菇的鲜香嫩滑，合着渗透了酥油和黄蘑菇汁水的炒面的咸香，在口腔里融合、交织，那种丰富的味蕾享受……简直是人间极品。

只要天气好，我和弟弟每天都去采蘑菇，乐此不疲。说是采蘑菇，往往只是个由头，我俩会有好多事情要做。走着走着，发现一只刚会飞的小鸟，弟弟就跑去捉小鸟，或者，遇到一条小溪，发现有小鱼，俩人跳进溪水忙着开始捉鱼。我多半是采好看的野花，把采蘑菇的事早忘到后脑勺了。一次，我看见一堆鞭麻灌木丛，心想这里边会不会有蘑菇呢？刚走过去，“噌”的一声，从灌木丛中跳出一只小兔子来，支起两只长耳朵，警惕地看着我。像是在嘲笑我这个什么都不懂的草原人。然后，它从完全呆傻的人类面前蹦跳而去，留下我在风中凌乱。快吃午饭了，我和弟弟带着战利品，小鸟、小鱼，或者蚂蚱之类的昆虫和采拾的几个黄蘑菇、一束野花回家了。然后，弟弟给小鸟造了个小窝，将鱼放入盆里，我将野花插在罐头瓶里。吃完饭，又到另一边野去了。

第二天，弟弟去看他的新宠物，一个也没有，就理直气壮地质问外婆。外婆笑眯眯地说：“鸟儿飞了，鱼儿游走了，找妈妈去了。”弟弟立刻泄气了，没话说了。但弟弟会接着又去捉鱼抓鸟，第二天又全没了。那是因为被信佛的外婆放生了。外婆一直嘱咐我们，不要抓小动物，它们是有生命的，不能残害生命，但男孩子怎能经得住亲近小动物的诱惑呢?

天气晴朗，外婆的黄铜洗脸盆就会盛着水晒在屋檐下，只要我和弟弟从外面回来，外婆就叫我俩洗手，水被太阳晒得暖暖的，一点儿也不凉。在那些快乐时光里，我们随时被外婆的慈爱之光照耀着，我至今记得黄铜洗脸盆的样子，它就像一轮小小的太阳，温暖着、照耀着我们这些儿孙的童年。

草原上的趣事一串串。

一次，母亲带我和弟弟去几公里外的供销社采购东西。回来的路上，母亲一只手牵着弟弟，一只手提着东西，我和母亲并排走着，发现前面一个低矮的土墙围成的羊圈里，一只孤独的羊歪着脑袋一圈一圈绕着墙根奔跑，头上顶着一副大大的盘旋着的犄角，那样执着认真。我边走边傻傻地看着那只疯狂的羊，一脚踏空，陷进旱獭的洞，脚拔不出来了。我大声叫唤行走在前面的母亲和弟弟，他们回过头，看到陷进洞里的我便回来帮我。母亲蹲下身，用双手使劲拔我的脚，脚是出来了，鞋却留在了洞里。我心好慌，害怕旱獭瞅上我的凉鞋，叼着钻进其他的洞，不肯还给我。幸亏母亲趴下来，把手伸进洞里，把鞋取出来。母亲得意地举着鞋，三个人坐在地上哈哈大笑。我穿上漂亮的凉鞋，一心一意走路，再也不敢东张西望。

只要母亲回到外婆家，外婆家的“大洗之日”就到了。母亲一来，就开始洗外婆家的被褥、床单、衣服，外婆挡都挡不住。有一次，母亲带着我和弟弟到大河边洗床单，刚开始天气还好好的，万里无云，一转眼，狂风大作，卷起河岸边的沙石吹得昏天黑地。我和弟弟紧张地依偎在母亲的身边，而母亲却非常镇定，先快速收拾好晾晒的衣物，然后将一床白色的大床单罩在我们仨人身上，像一顶小帐篷，母亲变戏法似的端出三碗酸奶，外面飞沙走石，我们仨躲在白色的床单里吃酸奶，床单被风吹得呼呼作响，而母亲一脸平和，仿佛外面什么也没发生。看着母亲的样子，我的心也平静下来了，仨人对坐着，开心地吃着酸奶。不一会儿，天晴了，又万里无云。

外婆和外公是勤劳善良的牧民，一辈子住在草原，他们热爱草原，彼此相亲相爱，我们这些孙子辈，从来没有见过他俩红过脸、高声说过话。在我很小的时候，还清楚地记得外婆挤牛奶、干各种牧家活，外公打酥油的情景。

逐渐，两位老人岁数大了，干不动活了，大舅舅家女儿多，每过一两年送一个姐姐过来，帮老人干活，侍奉老人。

外公瘦高个，很少和孙辈们说话逗趣。记得有个木质的酥油桶，他的工作就是整天打酥油，陪外婆说话。后来老了，干不动活了，就经常坐在垫着皮褥子的草地上，两眼望着远方，手里拿着佛串，诵着经文。有时不说一句话，像个思考问题的哲人。母亲特别崇拜外公，说外公干活里里外外一把好手，没有难倒他的事。母亲小的时候，外婆眼睛不好，做不了针线活，一家人的衣服全是外公缝制的，就连母亲上学的小书包都是外公缝制的。母亲还说起一件往事，在母亲还没出生的时候，一天，家里来了一个衣衫褴褛的汉族男人，并向他们求救，外公知道是马步芳要抓的红军，他和外婆冒着杀头的危险收留了这名红军，让他放羊。为了掩盖口音，红军一直装成哑巴，在外公家里整整待了一年多，像一家人一样生活。一年多以后，红军决意去追寻自己的部队，拜谢而去，从此，再也没见过。外公外婆心地善良，敢用生命佑护一个陌生人，不求任何回报让我感动和自豪。

外婆一生辛苦拉扯八个孩子长大，结果五个孩子离开草原各奔东西，只留下三个在草原生活。外公七十多岁去世后，外婆又和子女们生活了很长时间。过世时母亲说怕有百岁了，因为不知道详细的出生年月。

苏吉滩大草原，一个神话般的美丽的地方，承载着我童年的快乐，承载着母亲的思念。我希望有一天，带着头发花白的母亲和年幼的女儿，重回盘坡，拐进草原腹地，站在山梁上，倾听大河哗哗声，告诉女儿，这就是她的母亲的大草原。

山水海晏

2018 年 7 月 26 日，我有幸参加海晏县文联举办的“金银滩之夏”采风活动。我们一行 12 名县作家协会的成员怀着愉悦轻松的心情踏上了采风征途。

印象哈勒景

哈勒景草原，是多么熟悉的地方。因为那是我的家乡我的根，我的爷爷奶奶曾生活在那里，我的父亲出生在那里，爷爷退休后，落叶归根又从门源县搬到那里，童年时代多少个寒暑假都在那里度过，那里留下了我很多美好的时光。

车驶进哈勒景村，我不由得四处张望，30 年了，其实奶奶家的院子早已拆除，什么都没留下，什么痕迹都没有。

这次是专程来的，所以我有机会审视这块土地。现在的人家比过去多多了，房子也多了，奶奶家院子的方位根本看不出来。我记得从奶奶家院子出来，前方是乡政府，隔壁是一个兵站。那时候还没普及电视机，兵站有一台黑白电视机，每年春节都是兵站的解放军邀请我们去兵站看春晚。我们吃着他们给的花生瓜子，挤在一起看春晚，其乐融融。每次兵站的小伙子们来奶奶家做客，奶奶都会遵照蒙古人待客的礼仪热情招待他们。兵站的小伙子曾对奶奶说，退伍时一定带着奶奶爷爷去他们的家乡旅游，奶奶笑而不应，只是给这些可爱的小伙子们一次又一次地添奶茶。如今，爷爷早已仙逝，奶奶年逾九十，步履蹒跚，被我父母接走，生活在高楼林立的西宁，而我已从少不更事的孩子转眼成为一个中年妇女。

眼前，那温馨的院落不见了，捞鱼的水渠不见了，无忧无虑的童年时光不见了。幸而，草原的夏季依然草长莺飞，美丽的哈勒景大草原依然浩瀚苍翠。远远望去，红山嘴依然翘首以待。我的祖辈是哈勒景草原的蒙古族牧民，虽然爷爷走出草原参加工作，虽然我们这些儿孙不再生活在草原，但我的根就在这里，我引以为傲。

哈勒景草原是海晏县最富饶的草原，这里地势平坦，水分充沛，牧草总比其他地方长势好。这里牛壮羊肥，牧民的生活很是富裕惬意。我们先参观了乌兰哈达村和永丰村的党员活动室。这两个村的党员活动室风格迥异，各自在村子里发挥着凝聚基层党员力量的重要作用。哈勒景村党员活动室以宣传党风廉政为着眼点，一进门，四面墙壁上打着射灯的宣传栏夺人眼球，尤其一幅幅警示宣传画，图文并茂，非常有震慑力。永丰村党员活动室建筑风格突出蒙古族特色，外观设计成蒙古族典型的圆顶形状，活动室内庄严肃穆，荣誉室陈列有序。没想到一个村级的党员活动室竟然这么有特色，这些乡村的精神面貌和文化底蕴可见一斑。

我最想看的还是尕布龙故居，这也是大家的一致想法。尕布龙是从哈勒景草原走出去的省级干部、优秀共产党员，因西宁南北山绿化工程建设做出突出贡献，被全国保护母亲河行动领导小组授予首届“母亲河奖”。2016年中宣部命名他为“时代楷模”。在乡政府小姑娘的带领下，我们来到一个院子前，打开用绳子拴着的铁栅栏，踏过蒿草齐腰的小路，这才来到故居门前。铁将军把门！这也是意料之中的，因为早就听说房子没人住已经很久了。我从门缝里看见故居的照壁，上书“宅焕春光，恩泽铭记”这8个鲜红的大字在太阳光照射下，闪闪发亮，折射出尕布龙最真实、最质朴的内心世界。自从我参与搜集整理尕布龙故事工作以来，逐渐对尕布龙有了新的了解，他并不是高高在上不可触及的人物，他的一言一行始终透着对人民的热爱、对共产党的忠诚。每一次听他的故事，写他的故事，就是对我灵魂的洗礼，我自豪，我的家乡出了这样一位时代楷模。

房子的前面杨树青青，洒下一片绿荫，这也许是尕布龙亲手栽下的吧。当年他为绿化南北山耗尽心力，卸任南北山绿化副指挥后，想在家乡安度晚年，但是多年奔波劳累造成的疾病，使他无法承受海晏的高海拔，盖好了一个院落的房子，却不能享受，只好重回西宁。我站在门前，体会着他无法言表的哀伤。他是多么热爱这片土地啊，他把一切献给了党的事业，只留下这一片温柔的地方，这里有他的亲人，有他儿时的回忆，他却抓不住，我想他走时该有多难过。

我在大门前的平地上来回走着，思绪万千。我曾采访过一位曾参与这座小院施工的农民工，他说："尕省长是我这辈子见过的最大的官，也是最好的好人，在盖房子的时候，他经常来，从来不说哪里活没干好，而是经常问吃得好不好？住得习不习惯？每次来，都带来许多食物，面条、粉条、洋芋、蔬菜等等，他和大家聊天，就像普通人一样。完工后，除了老板发的工钱，尕省长额外给我们每个工人一百元钱，亲自发到了我们的手里。"他又说："从来没见过主动给工人加钱的雇主，那时候的一百元是真值钱。"

然而，盖的新居没住几天，尕布龙满怀眷恋，不得不回到西宁。他曾对他的好友——河南县活佛旦贝尖参说过心里话，他打算将院子捐了，本来想把院子捐给学校，但学校合并，不需要房子了。后来又想把院子捐给卫生所，可以用来培训乡村医生什么的，他说他一生都没有为家乡做过一件事情，就做这一件吧。他的心思多么质朴纯真，这也许是他唯一带着私心的奉献，却如此触动人的心弦。如今乡上盖了现代化的卫生院，这所院子才闲置下来作为故居保留着。愿尕布龙精神在海晏、在青海大地生根发芽、发扬光大。

乡政府派来的小姑娘说："乡上的人都去灭狼毒花去了，我要守家。"于是，匆匆和我们别过走了。我们大家坐上车开出村子，要去领略哈勒景大草原的美丽。

哈勒景大草原，我来了。

今天晴空万里，草原一望无际，山峦在远处起伏变幻。闭上眼睛，缓缓呼吸一口，青草的清香沁人心脾，还是儿时的那种味道，熟悉得让人心安。这里没有污染，没有嘈杂，感觉心灵像蓝天一样辽阔纯净。各种鸟儿也像凑热闹似的，在我们的上空鸣叫着，你听，花腔悠扬婉转，高音嘹亮清澈，你应我答，好不忙碌。可惜，我不知道哪种是海晏特有的鸟类——百灵鸟的声音。这才是大自然的音乐，生机勃勃、欣欣向荣，生命是如此美好，我愿记住此刻。

回来的路上，看见一群人个个捂得严严实实，坐在路边吃饭，说是灭狼毒花的小分队，不知道是不是乡上的干部。太阳的照射越来越强烈，这些人不畏酷热，守护着我的家乡，谢谢你们。

印象洪乎力

清晨，高原的阳光早已毫不吝啬地洒向大地，清点好野炊物品，携带着食物就出发了。出了县城，公路两旁就是草原，偶尔有一群群牛羊低头吃草。整个大地铺上了绿毯，不，应该是百花毯，视觉随着远方山峦光与影的变幻起伏不定，所有的郁闷、不快随风飘散，心中块垒消融。面对逶迤连绵、苍茫辽阔的大草原，听着音乐，看着美景，享受着大自然给予的馈赠。

一个多小时后，汽车离开主路，行驶到向南的一个岔道上。这里是牧民们季节更替时转场的便道。虽然不知道具体到哪里，但我们并不担心找不到好地方，因为由牧民作家董军带路，一定会把我们带到有绝佳风景的地方。

终于停车了。下车一看，果然，这里风景独好。到处绿草茵茵，满目苍翠。不远处，一条河流贯穿整个牧场，越过河水，就是一座大山，半山腰长满鞭麻花，也就是大家熟悉的金露梅，再往上，就是陡峭的山崖。董军介绍说，这就是洪乎力牧场，是牧民的夏季草场，这条河叫洪乎力河。

大家赶紧将东西卸下车，先找了一块平坦的地方作为歇脚地，然后大家伙儿行动起来，搭帐篷的搭帐篷，支锅叉的支锅叉，打水的打水。董军自告奋勇去认识的走场牧民家要牛奶，我和县文联主席杨淑贞老师也相随跟去，想去看看转场牧民的生活。

车在沙石路上走了几分钟停下来，就看见路边有蒙古包。门前有两个三四岁的穿着粉红色衣服的双胞胎小女孩在玩耍，脸上是健康的高原红。看见我们这些陌生人，笑吟吟的，一点儿也不认生。从蒙古包里走出一个初中生模样的女孩子，她把我们让进蒙古包。蒙古包里占地最大的是一张床，床上放着一个小炕桌。蒙古包的正中是一个用来做饭的炉子，沿边一圈摆满了家用的东西。一问小女孩，果然是县中学上学的初中生，放假了，到牧场帮父母放牧、看护两个妹妹。女孩的父母出门了，董军说明来意，女孩痛快答应，提来半桶牛奶，我们给钱，女孩坚决不要。我们一再感谢，告别了可爱的三个女孩。如今牧民的生活水平虽也节节高，却没有丢失我们蒙古族与生俱来的善良和纯朴，我很自豪。

在草原上喝着醇香的奶茶，吃着从县城买来的食品，蓝天下，牧草地上，一切都是那么惬意舒适。吃饱喝足后，大家跃跃欲试，要爬河对面的山。要爬山，就要先过河。走到洪乎力河跟前，河水哗哗作响，而且水流比较急，我想河水也应该比较深。正在犹豫，看看周围，就连岁数最大的严凤兰老师、李生连老师、马世禄老师都在那里脱鞋挽裤边，那我也不能落后。就这样，下水蹚河。巨大的水流声在耳边汇成隆隆声，我光脚踩着一个又一个河底下的石头，深一脚，浅一脚，在伙伴们的帮助下，来到了河对岸。蹚河，又刺激又兴奋，好像回到了童年时代，真是开心。

山上的风景更胜一筹，柔软的牧草密密匝匝，踩上去就像踩在棉花上。半山坡的金露梅一簇簇开得正旺，金灿灿格外耀眼。脚底下是米黄色的柴胡花，开着喇叭形花的左拧根，还有微风一来就摇头晃脑的白色的羊羔花，更多的是不知名的各色野花，花香袭人。风软得像是从江南来的，连空气里都弥漫着湿润的水分，顿时让人神清气爽。

往上望去，山顶处石崖陡峭，不时从石崖间飞出一两只鹰，在我们头顶盘旋，双翅像机翼一样展开，平缓地滑翔。在马世禄老师的指点下，极目远眺，只见一只老鹰收了翅膀，立在突起的山崖上，一石一鹰，绝妙的国画构图。有几只鹰依然在空中巡游，它们在审视着我们这些入侵它们地盘的人类。

我爬山的第一个目标是半山腰的金露梅花海。在高海拔的地方爬山，还真是有点费劲。我按“之”字形慢慢向上爬，走一会儿，歇一下，只要有目标，不放弃，一定能达成愿望。终于到了，花海就在眼前，第一次见到这么多的鞭麻花竞相开放，金灿灿的小花瓣在阳光下，有一种金属般的质感。

我坐在山坡上，凉风习习，向下望去，眼前景色一览无余。蓝天下是一片绿色的海洋，那绿色也分层次，近处的浓绿，再往下是翠绿，远方又是浅绿。山峦上的绿在光线的作用下，又呈现出不同的浓淡。空气早已被这些绿过滤得毫无杂质，呼吸着纯净的空气，心中有再多的郁结都将会烟消云散。山脚下的人小得就像豆子，穿过草原的洪乎力河像一条银色的带子，远方是牧人家的白色帐篷，帐篷上面炊烟袅袅，周围星星点点的是牦牛，像是落在草原的黑珍珠。沙石路和洪乎力河平行伸向远方，拐到另一座山那边不见了踪影，草原展现出最柔情的一面，蓝天白云，草原牧歌，人生快意不过如此。

这时，天边翻起黑云，经验丰富的马世禄老师告诫大家，尽快过河，以免下雨河水涨高，增加危险性。我们叫了登上山顶的朋友匆忙往山下赶。

黑云翻来，雨也跟着黑云向我们袭来，不过在高原上住惯了的我们，早已经习惯了这样的天气，在雨中依然享受着美好的时光。

沙漠拾遗

今天的首站是白佛寺，白佛寺是海晏县境内历史悠久的藏传佛教寺院，三面环山，向南是青海湖。

一下车，凛冽的风迎面吹来，直往鼻口灌，让我不禁打了一个寒战。但是，寺院左侧紧挨着一面隆起的山坡，坡上牧草郁郁葱葱，寺院门口有几棵杨树，绿油油的，说明正是盛夏。门口的石阶很陡，白佛寺高高在上，塔顶金碧辉煌，似乎在等着不辞辛苦前来朝拜的信众。我们也缓缓踏上高高的台阶。一进寺门，就听见诵经声，大经堂里穿着绛红色袈裟的僧人坐成左右两列在做早课。酥油灯火幽明，诵经声带来安宁，岁月如这广袤的草原般静好。

也许是清晨的缘故，人很少，除了我们、僧人，就几个在大经堂外磕长头的信教群众，石头铺就的地面显得光滑、干净。晨光斜斜地照在色彩斑斓的门柱上，用手机拍下来，就是一张绝美的照片。

下一站，就是河口。

人生的趣味之一，就是认识有趣味的人，见识和自己完全不同的人，今天就是。

一路上，听马世禄老师讲各种逸闻趣事，听得入迷，不觉得路途遥远颠簸。突然他大声喊道："快，快，打电话，叫杨主席拐一下，这里一定要去一下。"我赶紧从包里取出手机，只见杨老师坐的车已经缓缓向左拐了，马世禄老师说："对了，对了，想到一块儿了，这里有个人一定要见一下。"我想，是什么人让两位老师这么上心？一定要见识一下。

这时，车上的李老师说："这里有我的一个学生，是个乡村医生，看病看得特别好，我也看一下。"听完李老师的话，我好奇地将眼光投向前面的一户人家。

三辆车停在路边的那户人家的门前。有人已经上前敲门，出来两个十来岁的女孩，问："马大夫在家吗？"女孩答道："刚出门了，等一会儿就回来。"大家决定等一会儿。这时，马世禄老师给我介绍要见的人，他说："这个人叫马友清，是个回族，也是这个村子的村医，病看得不错。但重点不在这里，他是个沙漠拾遗人，也就是在青海湖畔的沙漠里，捡拾古代遗留下来的实物，是海晏历史考古的民间奇人。"我一听，来了兴趣，这样的人一定要见识见识。

等了不一会儿，一辆摩托车开到门口，下来一人，马世禄老师立刻迎上去，很熟络地打招呼。原来他就是今天我们要见的主人公。马友清清瘦、精干，热情地请大家到家里坐，一听说想看他拾的宝贝，手一挥，说：“走，到卫生所走。”村卫生所就在马路对面，大家涌进小小的诊所，有点拥挤。马大夫取出两个白色的药瓶子，“哗”，全倒在了桌子上，大家一下不淡定了，几百年、上千年的海晏历史似乎呈现在眼前。

这些都是从沙漠里捡拾的古代文物，都是些小巧的金属制品，能放在手心把玩，马大夫一一为我们介绍。有三颗带孔的金属圆扣，大小差不多，形状不一，是古代战袍上的纽扣；有一个精致的蚂蚱，带个可以活动的环，是给贵族家小孩玩的小玩意儿；有一个银色的小动物，四肢着地，趴着，有尾巴，是麒麟，可惜头没有了；能立在掌心的小马，栩栩如生；还有一个像刀一样的东西，马大夫说是刀币，但它不是这里的东西，说明很久以前就有外地商人到这里来经商。我还看到一个最稀奇的东西，形状大小和羊骨节一模一样，但它是金属的，沉甸甸的，我拿在手里把玩许久。更多的是古钱币，锈迹斑斑，却是海晏历史文明的见证。马大夫讲起环湖文明的起源滔滔不绝，对海晏的历史及断代有自己独特的见解，他用准确的地理位置及详实的出土文物作为佐证，给我们大家讲述着。可惜我对海晏的历史不太了解，听不太明白。

马大夫是个有心人，出于对海晏历史的热爱，讲起拾遗的事情乐此不疲。他给我们讲春天是拾遗的最佳时机，那时候草被牛羊吃干净，新的草还没有长起来，经过一夏一冬的风吹雨打，沉淀在沙漠里的文物就显现出来了。我们随马大夫登上沙漠上的一道横梁，只见沙梁绵绵不绝延伸到很远的地方，这里是马大夫的“聚宝盆”之一，蒙古语叫和斗合。横梁下面是一大片平地，据说原先是片沼泽地。马大夫津津有味地说道：“这里应该是古城池，曾经传说十万雄兵驻扎在环湖周围，如果有那就应该在这里，这里地势平坦，面积足够大，而且根据出土的文物显示，只有这里可能驻扎十万雄兵。”我站在沙梁的高处，风一阵比一阵紧，高原的阳光毫不吝啬地洒向大地。极目远眺，一片原野之后连着一个个沙丘，只有极少数坚韧的芨芨草点缀着沙漠，如此浩瀚，如此空旷，一人一沙漠一天地，不禁让人产生思古之悠。十万士兵身穿战袍，行军至此，在此驻扎，战旗猎猎，冰河铁马，枕戈待旦，将要面对怎样的一场战争呢？历史不再是教科书上冰冷的面孔，在这里显得如此鲜活。

中午到了，马大夫热情地请大家到他家吃饭，我们在他家吃了糌粑和一大盆酸菜炒粉条，然后邀请马大夫一同向河口进发。

我们先去了位于青海湖边的蒙古族祭海敖包，见一块碑石，上书“北方永宝门敖包”。每年农历七月十五在此祭海，我绕着敖包顺时针转了三圈，祈求一切平安顺利。接着去找兰花湖，但生长在这里的马大夫竟然也不知道兰花湖的位置，说：“本来湖都有约定俗成的名称，后来有人为它改名字，现在就不知道我们找的兰花湖是哪个湖了。”汽车在沙路上行走，一路上发现许多个小湖，有的像太阳，有的像月牙，有的像太极图，湖边的植被郁郁葱葱，和沙漠景象大相径庭。终于到了“褡裢湖”，大家一致认为这就是兰花湖。湖边长满马莲花，一大一小两个湖相连，周围是一大片湿地，开满黄色的小野花，非常漂亮。车没有停留，继续向前，在一片芦苇荡停了下来。湖水清澈，芦苇在水中央排成一长排，又高又密，它们紧紧地挨在一起，像一堵绿色的墙。风来了，只是轻轻摆摆，我吃惊在沙漠深处竟然有这样的生命奇迹。面对美景，大家兴奋起来，女同胞们秒变“纱巾党”，在湖边披着纱巾照相。

最后一站，就是我心心念念要去的河口，它是多条河流注入青海湖的一个汇集点，也是每年湟鱼洄游产卵的通道。我站在河口处极目远眺，这里并没有什么特别之处，仅有几条细小的支流通向青海湖，但它的地位如此重要。每年6月份，河水暴涨，湟鱼们争先恐后通过这个河道逆流而上，到达刚察县的淡水流域产卵，再游回青海湖，往返的路途遥远，上有湖鸥，下有浅滩暗礁，水流湍急，却年复一年从没有改变过。我因此感叹：生命是多么让人值得敬畏啊！

转身望去，青海湖就在身边，波涛一波一波涌向岸边，空气中是一股海边常有的鱼腥味。水鸟浮在水面上，随着波涛上下起伏，见人并不飞走，真的是人鸟相看两不惊。湖面波光粼粼，耳边涛声、风声汇成一片，放眼望去，天海一色，青海湖烟波浩渺，如此壮美，使人心怀激烈，荡气回肠，不愧是人间的瑰宝。

来生做一棵树

我家门前有两棵大树，是青海常见的白杨树。

树干高大粗壮，应该有些年头了，树皮粗糙斑驳，龟裂出一道道黑色的纹路，大概是把曾经经历过的风雨一一镌刻上去了吧。每到夏天，枝叶繁茂，翠绿的树叶在阳光下闪闪发光。树冠雍容华贵气度不凡，洒下一片树荫，上面住满麻雀，叽叽喳喳，在树枝间跳来跳去，好不热闹。

我时常手捧一杯茶，悠闲地站在阳台，欣赏这两棵树。树，始终是这两棵树，然而，每次看，风姿却不同。夏日，徐徐凉风吹来，树枝随着风的方向轻柔律动，似乎被自己的舞姿陶醉了。有时，刮起大风，树叶呼啦啦响，麻雀惊恐四散，大有山雨欲来风满楼的气势，树像愤怒的公牛，低头扬蹄，假使没有树根的牵绊，似乎要狂奔而去。而风，就是树的代言人，它改变着树的姿态，让树有自己的表情、自己的声音。

但大多数时间，两棵树安安静静、规规矩矩，围绕在黄昏的余晖中，温婉如古典少女。这时，我家小妹也会搬来小板凳，站在上面，托着下巴并肩和我一起欣赏树。她说这是我家的树，是属于我们家的，我完全赞同。那时的小妹妹才四五岁，脑子里有许多奇奇怪怪的想法，树是我家的，就连住宅楼周围的草坪也划入我家的版图，楼左侧大草坪也归她，为了表达对我这个妈妈的重视，特意恩典将楼前的小草坪划归我所有。

小妹问树上麻雀在干什么？我逗她，在开会。小妹说，它们开会太乱了，不会像小朋友那样一个一个发言，大家抢着说，幼儿园里可不是这样的。最后总结一句，麻雀们太调皮了。可不是？麻雀们各说各的，乱成一锅粥，但个个上下雀跃，劲头十足，我想，它们一定是在唱一首生命的赞歌。树，就是一个巨大的鸟巢，将所有的小鸟安置在自己的怀里，上下错综的枝条就是它们的亭台楼阁，树叶就是它们左邻右舍的隔断，小鸟们找到如此安全的庇护所，难怪会带着小小的嚣张，宣告自己生活的快乐。小妹乐陶陶地看着，树叶哗哗作响，她也拍拍手，说大树在鼓掌欢迎。

这两棵树有三层楼那么高，少说也有四五十岁了。我家这片住宅是二二一厂遗留下来的，虽年头久远，但坚固结实，是新中国制造第一颗原子弹的见证，作为历史遗迹保留下来的。我想这树也许就是那时的人们种的，是那些满怀激情，为国家不远万里来到这里的人们种的。在高原种树不容易，也许种了很多树，只活了这两棵树。这两棵树可能得到过很多人的关怀，有人浇水，有人施肥，有人用草绳为它们裹过冬衣。那些为中国制造第一颗原子弹的人们在这里洒下汗水，挥洒青春，如今全都走了，而这两棵树永远留了下来，它们的年轮里是否刻进了当年以身许国的壮怀激情？而树，一年年发芽、披绿装、落叶，沉默不语。

这两棵树，是夫妻，是姐妹，还是朋友？不得而知。默默相守，抵御严寒干旱、狂风暴雨的侵袭，躲过病虫害，还有人为的伤害，真是不简单。

不记得是哪年冬天，有人曾在其中一棵树的树根下烧垃圾，等火熄灭后一看，树皮被烧去一大片，就连里面的木质部分都烧得有点碳化，留下烟熏火燎后的狼藉。那黑黑的一片就像是被撕开的伤口，裸露在外面，似乎在谴责那些素质低下、不懂爱护生命的人们。我心想，这下这棵树活不了了，然而，春风一吹，树上依然像往年一样挂满了一串串杨树花，它还活着。每年树都按季节发芽、抽条、长叶、落叶，它们认真活着，只要没倒下，生长从不潦草。

当我心情低落的时候，我就喜欢看树，看它们在空中手臂相连，看它们绿油油的叶子欢快地鼓掌。站在树下观察，所有的树枝举着树叶向上生长，只有举头仰望才能看得见树顶，生命如此美丽，值得尊重，那么我又有什么理由不快乐呢？

秋天，树叶渐渐变成金黄，夹杂着偏黄、偏绿、偏红的色泽，在金灿灿的阳光下，向世人宣告它们一年来的努力。接着，秋风起，落叶优雅地告别大树，飘落下来，一年一场的生命演出落幕了，下一场演出需待明年。

哪怕是冬天，只剩枯树枝，还是有不一样的风采。在有月色的夜晚，月光明晃晃地照在干枯的枝丫上，透过树枝看月亮，月亮显得更萧瑟了，寂寞而顾影自怜，树和月亮黑白分明，树是剪影，月亮充当背景，枝丫伸向静穆幽深的星空，像是在索要一些慰藉。这时的两棵树是寂寞的，但不孤独，因为在一起。

冬天来临必有雪，那时天地一片洁白，远山和天空低垂下来的云融为一体，空气变得清冽，而树却变得温柔起来。初冬时节，枝丫静静捧着松软的雪花，粗糙的树干上沾着些许雪，毛茸茸的，像两只呆萌的巨型玩具熊。阳光照射下来，雪在树上闪烁着晶体的光。看着树，人不由得快乐起来，心情轻快得像要升空的气球。树下的小朋友们在打雪仗，小妹忙着堆雪人，找来两枝干树杈当雪人的胳膊，忙得不亦乐乎。孩子们“咯……咯……咯……”的笑声飘荡在空中，我想树也和人们一样是快乐的。

我想起三毛说过的关于树的话：“如果有来生，要做一棵树，站成永恒，没有悲伤的姿势。一半在尘土里安详，一半在空中飞扬。一半散落阴凉，一半沐浴阳光。非常沉默非常骄傲，从不依靠从不寻找。”又想起舒婷的《致橡树》：“我必须是你近旁的一株木棉，作为树的形象和你站在一起。”我想来生做一棵树还真不错，如果旁边也有一棵。